Steinar Sörlle
Die Nacht, als keiner schlief

Steinar Sörlle wurde 1942 in Stavern, einer kleinen Stadt an der Westküste des Oslo-Fjordes in Norwegen, geboren. 1972 erschien sein erstes Buch, ›Spoerene ser deg‹ (›Die Spuren sehen dich‹). Steinar Sörlle schreibt für Kinder und Erwachsene und erhielt verschiedene Werkpreise und Reisestipendien. Er lebte längere Zeit in Griechenland, England und Italien. Seit 1972 arbeitet Steinar Sörlle als freier Schriftsteller. Das vorliegende Buch stand auf der Ehrenliste zum Österreichischen Kinderbuchpreis 1989.
Weitere Titel von Steinar Sörlle: siehe Seite 4

Steinar Sörlle

Die Nacht,
als keiner schlief

Aus dem Norwegischen von Lothar Schneider

Deutscher Taschenbuch Verlag

Zu diesem Band gibt es ein Unterrichtsmodell
zum kostenlosen Download unter
www.dtv.de/lehrer.

Von Steinar Sörlle ist außerdem bei dtv junior lieferbar:
Ronnys Flucht, dtv pocket 78140

Bearbeitete Neuausgabe
nach den Regeln der Rechtschreibreform
13. Auflage Februar 2004
1991 Deutscher Taschenbuch Verlag GmbH & Co. KG,
München
www.dtvjunior.de
© 1986 Gyldendal Norsk Forlag A/S
Titel der norwegischen Originalausgabe: ›Isnatt‹
© der deutschsprachigen Ausgabe:
1988 Verlag Nagel & Kimche AG, Zürich/Frauenfeld
Umschlagkonzept: Balk & Brumshagen
Umschlagbild: Hubert Stadtmüller
Gesetzt aus der Aldus 11/12,5˙
(Diacos, Barco Optics 300Q)
Gesamtherstellung: Ebner & Spiegel, Ulm
Printed in Germany · ISBN 3-423-70225-7

1

Das Fjordeis reicht weit hinaus.

Eine erstarrte Landschaft. Keine Welle. Kaum ein Vogel. Am Ufer gluckert sachte ein bisschen Wasser um Stein und Felsen. Manchmal knackt das Eis. Das klingt wie fernes Peitschenknallen.

Aber niemand hört es.

Und wenn doch jemand den Kopf hebt? Muss man sich darüber Gedanken machen? Dass das Eis knirscht und ein paar Risse bekommt? Ist sowieso viel zu dick, jetzt im März.

Draußen bei den Ytre-Inseln ragt eine Stange wie ein Zeigefinger aus dem Eis. Bis hierher und nicht weiter! Gleich dahinter ist das Eis aufgebrochen. Große Eisschollen türmen sich übereinander.

In der Nähe der Stange stehen zwei weitere Finger. Und daneben noch einer, der krumm aussieht.

Aber das sind keine Stangen. Das scheint nur so. Vom Ufer aus.

Aus der Nähe sieht man zwei Buben fast bewegungslos dastehen. Von Zeit zu Zeit ziehen sie den Arm mit einem Ruck in die Höhe. Sie fischen durch ein Loch im Eis. Der krumme Finger ist ein Mädchen. Sie beugt sich über einen Tretschlitten und fischt ebenfalls.

2

Knut, der kleinere der Buben, hob den Kopf und warf einen Blick zum Land hinüber. Er zuckte zusammen. Für einen Augenblick schien es, als bewege sich das Eis wellenförmig. Sein Arm ruckte, schneller als er sollte.

Da spürte er, dass einer angebissen hatte.

»Ein Fisch!«, rief er und wickelte die Schnur auf. Aber sein Gesicht war dem Land zugewandt. Die Eisfläche war wieder genauso starr wie vorher.

Er drehte sich um und sah, wie es in dem schwarzen Loch blitzte. Im nächsten Moment lag ein kleiner Rotdorsch zappelnd und mit klaffendem Maul vor ihm.

»Ein Fisch!«, rief Knut nochmals. »Tine!«

Das Mädchen erhob sich langsam, befestigte ihre Angelschnur am Handgelenk des Schlittens und schlurfte hinüber zu Knut. Feiner Neuschnee wirbelte um ihre Beine.

»Katzenfutter«, sagte sie.

Knut schaute seine Schwester an.

»Ich will ihn trotzdem haben.«

»Meinetwegen!« Knut schloss die Augen und hörte ein dumpfes Knacken. Da lag der tote Fisch. Ihn schauderte. Das schwarze Fischauge ähnelte dem Loch im Eis. Leer und schwarz. Vor kurzem konnte das Auge noch sehen. Ein bisschen rotes Blut lief aus dem Maul.

»Angsthase!«, sagte Leif, der größere Junge. »Traust dich nicht mal diesen Winzling umzubringen!«

Leif ruckte an seiner Schnur und guckte hinüber zu Tine. Sie saß auf dem Schlitten und bewegte kaum ihren Arm mit der Angelschnur.

Sie hatte schon ein paar erwischt. Zwei schöne Dorsche. Leif musste immer wieder hinschauen und sie erschienen ihm von Mal zu Mal größer. Warum erwischte er nie einen? Als sie den ersten Fisch herausgezogen hatte, tauschte er das Eisloch mit Tine. Aber nein! Gleich darauf angelte sie noch einen großen Dorsch, aus seinem Loch! Als sie den Fisch am Haken hatte, hätte er am liebsten gerufen: Der gehört mir. Und dabei hatte er damit geprahlt, wie viele Fische er beim letzten Mal, als er alleine war, gefangen hatte.

Leif zog seine Angelschnur mit einem ungeduldigen Ruck ganz heraus.

»Ich bohre mir weiter draußen ein Loch«, rief er. »Kommst du mit, Knut?« Er hatte den Eisbohrer bereits in der Hand.

Knut blickte hinaus zum Meer, wo das Eis aufgebrochen und wieder zusammengefroren war. »Wir sind schon zu weit draußen.«

Leif ging. Knut spürte einen schwachen Windhauch. Der gefiel ihm nicht. Dass die kahlen Uferfelsen und die Häuser so klein waren! Er *war* ein Angsthase. Leif hatte Recht.

Knut schaute über die Eisfläche. Er war nicht mutig. Er mochte nicht hineinschauen in das schwarze Eisloch. Er wusste, dass das Meer hier draußen tief war. Unter dem dünnen Eis waren zweihundert Meter dunkles Wasser bis zum Grund. Direkt unter seinen Füßen. Das schwarze Eisloch wurde auf einmal zu einer Pupille, die ihn feindselig anglotzte.

Knut schubste den Fisch mit dem Fuß weg. Als wollte er ihn zurückgeben.

Leif, der eben noch groß und ein bisschen rund bei ihnen gestanden hatte, wurde immer kleiner.

»Geh nicht so weit!«, rief Knut. »Da draußen sind Strömungen unter dem Eis!« Glaube ich, fügte er im Stillen hinzu.

In dem Moment schwappte etwas Wasser aus dem Eisloch. Der Schnee saugte es auf.

Knut wich einen Schritt zurück. Aber es kam nichts mehr. Nur ein Schwapp Meerwasser aus der Tiefe.

Knut blickte sich unruhig um.

3

Leif hatte ein neues Loch gebohrt. Bald zog er einen Fisch heraus. Er brüllte und schrie und tanzte auf dem Eis herum. Sie sahen den Fisch glitzern und zappeln.

»Kommt doch! Hier draußen gibt es jede Menge Fische!«

Tine saß auf dem Schlitten. Warum musste sich Leif immer aufspielen? Er hatte das nicht nötig, fand sie. Sie mochte ihn auch so.

Tine sah, wie ihr Bruder die Angelschnur herauszog. Hastig. Sie meinte, er habe auch einen Fisch dran.

»Ist er abgegangen?«, rief sie, weil nichts am Blinker hing.

Knut erwiderte nichts, deutete nur auf das Wasser, das sich um sein Loch ausbreitete. Sollte er vielleicht auch noch zugeben, dass er Angst hatte? Schon wegen

Leif nicht. Der brüllte wieder. Wahrscheinlich noch ein Fisch. Aber auf einmal verwandelte sich Leifs Brüllen in einen Schrei. Knut sah, wie sich auf der dünnen Schneeschicht um Leif in Windeseile dunkles Wasser ausbreitete.

»Lauf!«, heulte Tine. Knut schrie ebenfalls. Sie sahen, dass Leif sich rückwärts vor dem ausströmenden Wasser zurückzog. Er bewegte sich vorsichtig.

Dann drehte er sich um.

Dann fing er zu laufen an.

Lief um die Wette mit dem dunklen Wasser, das sich ausbreitete. Eine schwarze Zunge, die gierig über das Eis tastete. Die Leif trockenes Eis erreichen ließ, um ihn dann mit einem raschen Schlecken wieder einzuholen.

Leif blieb stehen. Blickte zum Ufer. Dann zu ihnen.

Dort stand Leif.

Da standen sie. Das Wasser kam nicht näher.

Knut ließ den Tretschlitten vorsichtig dahingleiten, ein Tritt nach dem andern. Obwohl ihm das Herz in der Brust hämmerte, tat er es. Langsam näherte er sich Leif. Auf den nassen Stellen ging es schwerer, hier war das Eis schwarz und klebte an den Kufen. Er hob die Augen. Blickte zu Leif. Solange er auf dem Schlitten stand, trug das Eis besser, das wusste er.

Jetzt war er bei Leif. Sie sagten kein Wort. Knut glitt langsam und vorsichtig neben ihn.

»Setz dich drauf, dann drehen wir«, flüsterte Knut.

Leif nickte nur. Sie wagten noch immer nicht zu reden. Sie glitten zu der trockenen Eisfläche, auf der Tine stand. Die schwarze Wasserzunge lag reglos da.

Tine weinte. Auch sie wagte keinen Laut von sich zu geben. Nur Tränen.

Als der Schlitten endlich neben ihr stand, stellte sie sich hinter Knut auf die Kufen. Sie hielt sich an ihrem Bruder fest und versuchte in seinem Takt zu treten.

Nun glitten sie rasch dem Land zu. Die kahlen Uferfelsen wurden größer und größer. Als würden sie vor Erleichterung aufstehen. Die Häuser, die lange von der Bergkuppe verdeckt gewesen waren, kamen in Sicht. Die vordersten standen beinahe am Strand unten, fast wie vertraute Bekannte.

»Puh«, keuchte Knut. »Jetzt bist du dran, Leif.«

»Setz dich«, sagte Leif leise und erhob sich. Dabei lächelte er Knut kurz zu. In dem Lächeln war ein »Danke«. Knut spürte die Wärme und lächelte zurück.

»Wir müssen vorankommen«, sagte Tine. »Ich glaube, der Wind wird stärker. Landwind.«

Sie fröstelte. »Das Eis kann aufgehen. Vielleicht drückt das Wasser deshalb nach oben.« Sie blickte sich beunruhigt um.

»Nur noch ein paar hundert Meter«, schnaufte Leif. Sie waren wieder unterwegs.

Im Eis ertönte ein dumpfer Knall. Sie entdeckten nirgends einen Spalt, aber der Schlitten sauste eine Spur schneller dahin. Tine und Leif traten, so sehr sie konnten. Schub um Schub näherten sie sich der Anlegebrücke und den Häusern. Mit ihren Blicken klammerten sie sich ans Ufer. Dorthin wollten sie, dorthin mussten sie!

Aber da geschah etwas.

Sie verstanden zuerst nicht. Bemerkten nur, dass die Uferfelsen und die Häuser nicht mehr größer wurden. Egal, wie sehr sie sich anstrengten.

Knut entdeckte einen schmalen, dunklen Streifen am Ufer. Da begriff er, was er sah. Begriff, warum Häuser und Felsen dort vorne nicht größer wurden.

»Wir treiben ab! Das Eis löst sich vom Land!«, heulte er und reckte sich auf seinem Sitz um sich umzusehen. Von neuem durchfuhr ihn der Schrecken.

»Da!«, deutete er. »Wir können Langholmen erreichen! Fahrt dort hinüber. An dieser Seite ist das Eis noch nicht losgerissen. Außerdem liegt es im Windschatten«, rief er, während sie die Richtung änderten.

Es knackte im Eis. Sie glitten dahin. Noch nie waren sie so schnell gewesen. Der wacklige Steg, der Langholmen mit dem Land verband, war alles, was sie im Auge hatten. Sie mussten dorthin kommen. Sie mussten!

»Wir schaffen es!«, rief Knut, der halb von seinem Sitz aufgestanden war und vor Aufregung mitwippte. Jeder Schub war wie eine Welle, die sie weiter dem Land zutrieb.

Dann erstarrte er. Riss den Mund auf. Ein Windstoß fuhr ihm ins Gesicht. Er brachte kein Wort heraus. Als wäre er gelähmt.

Der Schlitten wurde langsamer. Blieb stehen. Das Eis hatte sich auch von Langholmen gelöst.

4

Ein eisiger Wind fegte auf sie zu. Erneut ging ein Knall durch das Eis. Fuhr wie ein Blitz über die Eisfläche.

»Hilfe! Das Eis geht auf! Hilfe!«

Sie schrien und heulten alle drei.

Sie fuhren trotzdem weiter landeinwärts.

»Das Eis bricht. Das Eis geht auf!«, heulte Tine. Da war die Wasserrinne im Eis. Schon breit. Kalt, dunkel, mit Windmustern darauf.

»Hilfe, wir treiben vom Land ab!«

»Hilfe!«

Sie weinten. Sie sprangen auf und fuchtelten mit den Armen. Knut hob den Schlitten über den Kopf und heulte.

Sie trieben nicht schnell. Aber sie trieben aufs Meer hinaus. Der Wind kam in kalten Böen.

»Schaut denn niemand aus dem Fenster?«, weinte Tine.

»Sie schicken uns sicher bald ein Boot«, schluchzte Leif.

Langsam verschwand ein Haus nach dem anderen wieder hinter der Bergkuppe.

Knut setzte sich stumm und bleich auf den Schlitten. Er sah die winterfest eingepackten Boote am Strand. Aber keine Menschenseele. Er sah den Schein der gelben Abendlichter in den Fenstern. Vielleicht konnte man gar nicht hinaussehen. Die Fenster schienen wie mit einer gelben Folie überzogen.

Knut saß wie festgefroren und starrte auf das Unfassbare. Er konnte nicht weinen. Er konnte nicht schreien. In seinem Kopf schwirrte etwas herum. Wer weiß denn, dass wir auf dem Eis sind? Keiner. Und es war mein Einfall.

Warum muss immer ich die Einfälle haben? Den anderen könnte doch auch einmal etwas einfallen, damit nicht immer ich Schuld hätte.
Warum war ihm nichts anderes eingefallen? Dieser Ausflug war viel gefährlicher geworden, als er sich ausgemalt hatte.
Jetzt einfach daheim sein. Jetzt einfach am Küchentisch sitzen und zeichnen.
Besonders *nach* seinen Einfällen kannte er nichts Schöneres als am Küchentisch zu sitzen und Bäume zu zeichnen. Knut hatte schon viele, viele Bäume gezeichnet.

5

Sie trieben stetig weg vom Land.
Tine und Leif waren außer Atem und heiser, so lange hatten sie gerufen und geschrien.
Knut saß noch immer auf dem Schlitten und starrte mit großen, erschreckten Augen hinüber zum Ufer.
Plötzlich blinzelte er. Rieb sich die Augen. Etwas Rotes bewegte sich am Fuße des Hammerberges und verschwand. Er horchte, spähte, stand auf. Da kam es

hinter dem Hügel hervor. Gleichzeitig blitzte etwas auf.

»Ein Auto!«, rief er. »Ein Auto!«

Wie eine Ameise bewegte es sich bergauf und bergab. Die anderen fingen wieder zu brüllen an. Winkten und riefen.

»Es kommt! Es fährt die Uferstraße entlang!«, rief Knut.

Das Auto verschwand hinter einer Kuppe. Aber jetzt hörten sie das lauter werdende Geräusch. Ein vertrautes und gutes Brummen. Da kam es! Ein rotes Auto mit einer Schneefahne hinter sich. Die Kinder sprangen herum. Schrien und gestikulierten wie verrückt.

Wie klein das Auto war. Obwohl es ganz unten auf der Uferstraße fuhr. Jetzt merkten sie erst, wie viel kleiner die Häuser und Boote an Land geworden waren. Sie sahen es, als das Auto mit der Schneefahne kam. Sie sahen es deutlicher, als ihnen lieb war. Viel deutlicher.

Vielleicht bemerkte sie der Fahrer gar nicht?

»Anhalten! Anhalten!« Sie riefen und hofften.

»Bleib endlich stehen, du Idiot!«, heulte Leif. »Mach deine Augen auf! Bist du blind?«

Da hielt das Auto an. Eine Gestalt stieg aus.

Sie schrien auf.

Die Gestalt reagierte nicht. Stand nur und guckte hinaus aufs Meer.

Da kam ein zweites Auto. Es hielt ebenfalls an. Es war niedriger und weiß und hob sich von der Schneemauer an der Straßenseite fast nicht ab. Der Fahrer im weißen Auto hupte. Die Kinder antworteten, indem sie die Arme über dem Kopf schwangen.

Die dunkle Gestalt stieg ins rote Auto. Sie hupte ebenfalls. Ein paar Mal.

»Das reinste Konzert!«, jubelte Leif.

»Ich glaube, sie haben uns gesehen.« Knut wischte sich mit dem Ärmel Rotz und Tränen ab. »Er hat uns ein Signal gegeben. Oder etwa nicht?«

Knut gelang es nicht, die Tränen zurückzuhalten. Es war, als taue er auf. Endlich beruhigte er sich ein bisschen. Die Tränen liefen.

Er rieb sich die Augen, weil alles verschwamm. Aber da wurde es nur schlimmer. Berg und Strand und Eis und Schnee wurden zu einem Brei. Knut war erleichtert, dass er nichts mehr sah und nichts mehr dachte.

Er lächelte in sich hinein, als er es merkte. Aber ganz sicher fühlte er sich nicht. Sie waren zu weit draußen. Es würde seine Zeit dauern, bis Hilfe kam.

Und er stellte fest, dass sie sich zu nahe am Rand des Eises befanden.

6

»Wir müssen zusammenbleiben«, rief Knut. »Sonst ist auf einmal jeder auf einer eigenen Eisscholle. Wir müssen weiter nach innen.«

Mehr konnte er nicht sagen. Ein neuer Knall fuhr durch das Eis. Die riesige Scholle, auf der sie standen, teilte sich langsam. Knut sah jetzt wieder scharf. Zu scharf. Er sah, wie Wasser auf das Eis schwappte. Vor allem auf das abtreibende Stück der Scholle. Ihre Spuren wurden bis auf wenige Meter weggewaschen. Es sah aus, als seien sie geradeaus in die schwarze Wasserrinne gelaufen und verschwunden. Ihn schauderte.

»Zum Glück hat der Kerl uns gesehen«, dachte er laut. Leif nickte. Er war blass unter den Sommersprossen. Tine saß auf dem Schlitten. Sie sagte kein Wort.

»Wir treiben nicht bis hinaus aufs offene Meer«, meinte Knut tröstend. »Wir sind innerhalb der beiden Schären Bramskjæra und Utskjæra. Wenn wir bis dahin kommen«, rutschte es ihm heraus. Sie saßen alle drei auf dem Schlitten. Ein einziger Klumpen.

»Damit wir uns warm halten«, sagte Knut. »So ist es am vernünftigsten.«

Aber sie taten es auch aus Angst vor den schwarzen Wasserrinnen. Obwohl die noch ein Stückchen entfernt waren. Aber es wurden mehr und mehr. Und sie wurden größer und größer. Jedes Mal, wenn es im Eis knackte, zuckten die drei zusammen.

7

Kaufmann Henriksen kam mit seinem roten Lieferwagen aus der Stadt. Die Straße war vereist. In der letzten Kurve, die hinunter zum Ufer führte, wäre er beinahe ins Schleudern geraten. »Dieser verdammte Winter will gar nicht enden«, murrte er. »Ärgert uns und hat seinen Spaß daran. So rutschig, dass man kaum fahren kann, und zu Fuß ist man völlig aufgeschmissen.«

Er blinzelte über den Bootsplatz und die eingepackten Boote und runzelte die Stirn.

»Das sieht fast aus, als reiße das Eis auf. Da könnte der Frühling doch kommen.«

Henriksen zwängte sich schwerfällig aus dem Auto. Umständlich putzte er seine Brille. Er konnte nicht mehr so gut sehen wie früher und seine Augen tränten schnell.

»Klar, es wird Frühling. Wenn's auch noch kalt ist, dem Eis kann ich's ansehen, dass es mit dem Winter vorbei ist.«

»Was sind denn das für seltsame Flecken da draußen auf dem Eis? Seehunde? Ja, die mögen den Winter. Na so was, Seehunde«, murmelte er vor sich hin.

In dem Moment hupte es hinter ihm. Ungeduldig. Hinter Henriksens stabilem alten Lieferwagen hatte ein weißes Sportcoupé angehalten. »Nur mit der Ruhe, du hast auch nicht mehr als vier Räder, du Angeber.« Henriksen kletterte in den Lieferwagen und setzte sich ans Steuer. »Tuut«, ertönte es wieder.

Henriksen wurde wütend. Er hupte zurück, bevor er Gas gab und zur Seite fuhr.

Der Weiße stob vorbei und hüllte Henriksen in eine Schneewolke. Als sie sich verzogen hatte, kurbelte Henriksen das Autofenster herunter und blickte angestrengt zum Fjord hinaus.

»Auf dem Eis ist doch sicher kein Mensch mehr? Nein, so dumm kann keiner sein, nach so einem Wetterbericht!«

Er blinzelte. Nein, nichts zu erkennen.

»Wahrscheinlich Seehunde. Klar sind's Seehunde. Jetzt erkenn ich sie genau.«

8

Daheim kam Knuts und Tines Vater aus seinem Atelier. Er war Kunstmaler. Er hatte gerade versucht das Frühlingslicht zu malen. Eine ganze Serie von Frühlingsbildern hing in seinem Atelier. Er warf einen Blick aus dem Fenster. »Es schneit. Das wird wohl das letzte Mal in diesem Winter sein. Wenn der Landwind so weitermacht, wird das Eis aufgehen und hinaustreiben. Ein deutliches Zeichen für den Frühling.«

»Ich möchte bloß wissen, wo die Kinder sind«, unterbrach ihn seine Frau. »Ich habe eine solche Unruhe in mir. Warum müssen sie sich immer da herumtreiben, wo wir sie am wenigsten vermuten?«

»Sie sind keine kleinen Kinder mehr. Sie sind bald erwachsen. Du kannst sie nicht einsperren.« Der Vater griff nach dem Holzkorb.

»Ich weiß es ja.«
Die Mutter versuchte zu lächeln.
»In mir steckt noch die alte Unruhe von früher, als sie klein waren. Jedes Mal, wenn der Wind auffrischt, spüre ich sie.«
»Das musst du dir abgewöhnen«, sagte der Vater lächelnd. »Dann werde ich mal ein paar Scheite für den Ofen holen. Der will bei diesem Wetter gefüttert werden.«
Die Mutter erhob sich und ging zum Fenster. Die Büsche im Garten wurden vom Wind geschüttelt und warfen Schnee ab. Henriksen parkte sein rotes Auto mit aufheulendem Motor vor dem kleinen Geschäft.

Sie ging ans Telefon.
»Nein, die Kinder sind nicht hier.« Es war Leifs Vater. »Ich dachte, Leif sei bei euch. Ist irgendetwas Besonderes?«
»Wenn sie zuerst bei euch auftauchen, sag ihnen, sie möchten mal kurz hierher kommen!«
Langsam legte sie den Telefonhörer auf.
Es war den ganzen Nachmittag so merkwürdig still gewesen. Sie hatte kein Zipfelchen von ihnen gesehen. Wo steckten sie bloß?

9

Die Eisscholle trieb langsam. Noch konnten die Kinder die dunkle Silhouette der Hügel sehen. Die Häuser waren bereits winzig klein. Hier und dort schimmerte ein Licht.

Es war kalt. Die drei froren. Besonders an den Füßen. Aber sie wagten nicht zu hüpfen um sich aufzuwärmen. Sie hatten Angst, das Eis könnte brechen.

Es begann zu schneien. Dichte Flocken. Die Dunkelheit schien direkt aus dem Meer aufzusteigen und nahm ihnen jede Sicht.

10

Die Eltern von Knut und Tine saßen zu Hause und horchten. Horchten auf all das, was sie nicht hörten: Das Herumschreien. Das Zanken. Das Lachen. Die laute Musik. Das Hin- und Hergetrappel über ihren Köpfen. Geräusche, die nicht da waren und alles so unheimlich ruhig erscheinen ließen.

»Sie sind nicht heimgekommen zum Essen«, sagte die Mutter. »Sie haben ihre Schularbeiten nicht gemacht. Sie sind nicht drüben in der Schule. Sie sind nicht unten bei Henriksen im Geschäft. Sie sind nicht bei Fredriksen gewesen, dem sie sonst die Post bringen. Ich weiß nicht, wen ich noch anrufen soll«, sagte sie zögernd.

»Das ist schon öfter so gewesen«, meinte der Vater vorsichtig. »Und dann waren sie auf einmal da, wie aus dem Boden gewachsen.«

Der Wind pfiff und brauste um die Hausecken, setzte aus und fing erneut zu blasen an. Es hört sich fast an, als wolle mir der Wind etwas sagen, dachte der Vater. Die Unruhe hatte ihn angesteckt. Huiiii ging der Wind.

Das Eis, dachte er. Das Eis geht auf, wenn der Landwind so weiterbläst.

Er erhob sich.

»Ich glaube, ich werde eine Runde gehen.«

»Allein?« Sie schaute ihn fragend an.

Er schüttelte den Kopf. »Wir gehen gemeinsam.«

Sie standen unten am Ufer.

Das Eis *war* aufgegangen. Das jagte ihm einen Schreck ein. Obwohl ihm klar gewesen war, dass es so sein musste.

Die Kinder sind sicher nicht auf das Eis hinausgegangen. Ohne Bescheid zu sagen. Und so spät, versuchte er sich zu beruhigen. Sie gingen ein Stück am Ufer entlang.

Zuinnerst in der Bucht lag noch ein bisschen Eis. An einigen Stellen hatte es den wackligen Steg emporgedrückt. Schief und krumm lief er hinüber zur Insel nach Langholmen. Da kam eine Schneeböe und Steg und Insel wurden zu undeutlichen Schatten. Der Vater schüttelte den Kopf, wollte gerade umkehren.

Aber plötzlich stutzte er. Drei Spuren von schlurfenden Füßen und diejenige eines Tretschlittens zeichneten sich auf der dünnen Schneeschicht ab, die auf dem Eis lag.

Der Vater folgte den Spuren. Sie bogen um einen Felsblock, dort hatte sich das Eis gehoben. Am anderen Rand waren die drei offenbar auf den Schlitten gestiegen und losgefahren.

Die Spur führte auf den Fjord hinaus. Keuchend verfolgte er die Rillen der Schlittenkufen. Aber dann ging er langsamer und langsamer. Schließlich blieb er stehen. Er starrte auf die Spur. Sie ging schnurgerade weiter. Und hörte abrupt auf. Über den Rand des Eises schwappte schwarzes Wasser.

11

Knuts und Tines Vater verlor keine Zeit. Er rief Lensmann Jansen an, der im Gemeindeamt Luroy in seinem Dienstzimmer saß und ans Telefon ging.

»Ah, Sie sind es, Johansen«, sagte er freundlich. Doch sofort wurde sein Ausdruck ernst und entschlossen.

»Wo? Wann? Sie hören von mir.«

Lensmann Jansen schüttelte den Kopf und wählte die Nummer von Sola, der Rettungsleitstelle von Südnorwegen. Der Wachhabende von Sola seinerseits nahm augenblicklich Verbindung auf mit dem Tower des Flugplatzes Rygge in Ostfold. »Alarm! Drei Kinder im Alter von zwölf und dreizehn Jahren sind bei Luroy in der Provinz Vestfold mit dem Eis abgetrieben!«

Kurz darauf startete ein Hubschrauber mit drei Mann Besatzung. Gleichzeitig wurden in den Computer in Sola die Angaben über Wind- und Wetterlage, über die Strömungsverhältnisse, über die vermutete Dicke des Eises und die voraussichtliche Position der Kinder eingegeben. Die Piloten wurden, noch bevor sie Luroy erreichten, benachrichtigt. Der Rettungskreuzer Nanki Bergesen glitt vorsichtig aus dem Hafen von Stavern. Das Schiff schrammte gegen die schweren Schollen, wühlte und kämpfte sich durch die Eismassen. Eine Fahrt wie in einem Labyrinth. Der Kapitän wusste, dass es schwierig sein würde. Der Hubschrauber würde lange vor ihnen mit der Suche beginnen können. Aber raus mussten sie.

12

Die beiden Familien saßen gemeinsam zu Hause bei Tines und Knuts Eltern. Sie versuchten einander zu trösten, so gut es ging. Trotzdem nagten die Zweifel. Trieben die Kinder auf einer Scholle ins Meer hinaus? Oder waren sie an irgendeiner Stelle an Land gegangen? Bevor das Eis sich gelöst hatte? Vielleicht fuhren sie mit ihrem Schlitten auf der Straße heimwärts?

Knuts Vater schüttelte den Kopf.
»Da müssten sie längst da sein. Doch Lensmann Jansen meinte, er werde diese Möglichkeit überprüfen.«

Wenn nur der Flugplatz Rygge näher wäre. Der Hubschrauber würde mindestens eine halbe Stunde brauchen bis hierher. Johansen schaute auf die Uhr. Träg bewegte sich der Zeiger von einer Minute zur nächsten.
»Meinst du, die Kinder könnten sich auf Bramskjæra retten?«, fragte die Mutter von Tine und Knut. »Diese Schären liegen wie ein Kranz am Eingang des Fjordes. Und Utskjæra ist auch noch da.«
Der Vater nickte schwach. Er wagte nicht an die Strömungsverhältnisse außerhalb von Utskjæra zu denken. Die Strömungen dort waren reißend wie ein unsichtbarer Fluss im Meer. Sie kamen aus der Ostsee und ihre Richtung und Geschwindigkeit änderte ständig.

»Horcht mal! Da kommt der Hubschrauber.« Johansen erhob sich. Zuerst nur ein schwaches Dröhnen, das schnell anschwoll. Bald hörten sie das Donnern der Rotoren. Sie hatten den Eindruck, der Hubschrauber sei direkt über ihnen. Sie stürzten ans Fenster, liefen hinaus. Und da, über ihren Köpfen, blinkte und lärmte er. Für einen Augenblick verharrte er über der Uferstraße. Schaltete den Scheinwerfer ein und leuchtete nach unten. Schaltete ihn aus. Unvermittelt drehte er ab und flog in einem Halbkreis hinaus Richtung Fjord.

Was würde er finden?

Ein Stück weiter draußen schien das Licht erneut auf. Die Eltern blieben stehen, solange sie etwas erkennen konnten.

Sie lauschten auf das an- und abschwellende Motorengeräusch. Daran hielten sie sich fest. Und hofften.

13

Im Hubschrauber saßen drei Mann. Der Pilot war ein stämmiger, blonder Bursche. Nicht zufällig wurde er Pila, der Pfeil, genannt. Er hatte mehrmals Menschen gerettet, sowohl aus Bergnot wie aus Seenot. Aber noch nie Kinder, die auf einer Eisscholle trieben. Bei diesem Wetter. Er schüttelte den Kopf.

»Kinder eben«, sagte Tor, der Copilot, der mit den Instrumenten beschäftigt war. »Du hast wohl vergessen, wie die sind.«

»Ah, hier haben wir Luroy«, unterbrach er sich.

»Die Seilwinde und die Rettungsgeräte sind klar«, rief der Bordingenieur.

»Windstärke zunehmend«, meldete der Copilot, der für die Navigation zuständig war. Über Funk kam der Wetterbericht: Schneeschauer. Auffrischender Wind. Strömung nordöstlich, ein bis zwei Knoten. Knistern im Kopfhörer, dann: Ausgangspunkt: Position Luroy –

»Verdammtes Wetter«, murmelte der Pilot.
»Wird noch schlimmer«, meinte der Navigator trocken.

14

Die Eisscholle trieb unaufhaltsam hinaus.
Im dichten Schneetreiben fing ein Nebelhorn zu tuten an. Die Kinder schlotterten. Es wurde allmählich dunkel.
»Warum sucht niemand nach uns?« Tine schaute Knut aus schwarzen, ängstlichen Augen an.
Knut wagte es nicht, ihr zu antworten. Er fürchtete, seine Stimme könnte brechen. Er fürchtete, das Eis könnte brechen. Sie hatten das Gefühl sich immer weiter von den Lichtern an Land zu entfernen und in der Dunkelheit zu versinken. Alles, was ihnen vertraut war, versank hinter ihnen.
Knut biss die Zähne zusammen. Er fürchtete, seine ganze Angst könnte als ein lauter Schrei aus ihm herausbrechen. Tief in seinem Innern wusste er, dass die andern nichts von seiner Angst merken durften. Das würde alles nur schlimmer machen.

Das Schneetreiben ließ etwas nach. Sie konnten die Umrisse von Bramskjæra erkennen. Was würde passieren, wenn sie dagegenstießen? Die kleinste Insel und der unscheinbarste Holm waren hier von abgrundtiefem Wasser umgeben.

Sie trieben näher und näher. Sie standen auf, machten sich bereit an Land zu springen.

In diesem Augenblick krachte das Eis. Die große Eisscholle schien irgendwo angestoßen zu sein. Sie stoppte. Dort, wo einer der Inselfelsen aus dem Meer ragte, brach ein Stück ab. Die Scholle, auf der sie standen, drehte sich langsam.

»Wir treiben vorbei!«, heulte Leif. Er stürzte los, auf den Eisrand zu. Tine wollte hinterher.

»Nein! Ihr ertrinkt!«

Knuts Stimme funktionierte plötzlich wieder. Leif hielt inne.

»Das Eis kann nochmals reißen! Kommt zurück. Wir müssen beisammenbleiben!«

Leif hörte Knuts Rufen wie aus weiter Ferne. Er blieb stehen. Als hätte man ihn aufgeweckt. Er hatte tatsächlich bei der Insel an Land schwimmen wollen. War wie von Sinnen gewesen. Jetzt sah er, wie schnell die Strömung sie mit sich nahm. Schneller als je zuvor. Er hätte es nie geschafft. Er wäre im dunklen Meer versunken. Was war in ihn gefahren? Leif fing an zu zittern. Er musste total verrückt gewesen sein.

Hier, hart an der Kante, hatte er sich gefangen. Das Wasser spritzte um seine Füße und vorsichtig ging er auf alle viere. So kroch er zurück zu Knut und Tine.

Das Schneetreiben wurde dichter.

Jetzt blieb nur noch Utskjæra, die äußerste der Inseln. Falls es uns gelingt, dort an Land zu kommen, dachte Knut. Falls die Strömung dort nicht ebenso stark ist.

Sie hörten ein schwaches Brummen. Lauter, dann wieder leiser. Deutlich, dann wieder entfernt. Da war es. Ganz nah.

»Hubschrauber! Jetzt kommen sie!«

Tine rief es als Erste. Knut sah ein Licht. Nur schwach, kaum sichtbar. Aber keine Sonne hätte ihn so wärmen können. Er war völlig verkrampft auf dem Schlitten gesessen. Jetzt sprang er auf. Jetzt konnte er schreien.

Sie würden nicht versinken. Sie würden nicht in der Dunkelheit verschwinden. Da war das Licht. Und das Knattern des Hubschraubers verstärkte sich.

»Jetzt werden sie uns gleich entdecken!«, heulte Leif.

15

Oben im Hubschrauber runzelte Tor die Stirn. »Das Eis löst sich auf. Es bricht ständig. Das sieht nicht gut aus.«

»Noch ist der Wind nicht richtig da. Nur einige Böen. Aber dieser Schnee. Als flöge man in einer Waschküche.« Pila gefiel die Geschichte nicht. Er wurde stark geblendet. Fast hätte es ihn gedreht. Sie hätten abstürzen können. Jetzt war die Sicht etwas besser. Der Hubschrauber flog nicht sehr tief. Auch wegen der Kinder. Der Rotor wirkte wie ein Sturm. Kamen sie zu tief, konnten die Eisschollen brechen.

Die Männer starrten, dass die Augen brannten. Die Sicht war zwar besser, aber keineswegs gut. Sie überflogen Bramskjæra und Utskjæra so niedrig als möglich.

Plötzlich flogen sie in eine neue Schneewand.

»Jetzt haben wir die Bescherung. Der Wind nimmt zu. Die armen Kinder.« Diesmal sprach Tor langsam.

Über den Tower von Rygge kamen aus Sola neue Anweisungen.

»Auf in den nächsten Sektor«, gab Tor die Information weiter. »Nichts wie raus aus dieser Schneewand.«

»Dann mal los«, meinte Pila. Er warf den Hubschrauber nach links.

Plötzlich waren sie aus der Schneewand draußen. Vor ihnen lag eine große Eisscholle. Der Scheinwerfer fuhr tastend darüber.

»Da! Ich glaube, ich habe etwas gesehen.« Tor starrte durch das Fernglas nach unten. Da sah er drei Spuren. Sie führten zu einer großen Wasserrinne neben der Scholle hin. Die Spuren hatten sich mit Wasser voll gesogen und waren genauso dunkel wie die Wasserrinne.

»Diese Meldung ist nicht erfreulich«, sagte Tor niedergeschlagen. Es knackte im Kopfhörer.

»Etwas gefunden?«

»Wir haben eine Spur. Auf einer Eisscholle.« Tor gab die Position durch.

»Sonst noch etwas?«

»Nur die voll gesogene Spur. Sie endet in einer Wasserrinne.«

Pila flog weiter, suchte andere Eisschollen ab. Flog hin und her. Es fing erneut zu schneien an. Wind kam auf. Die zwei Piloten warfen sich einen raschen Blick zu, resigniert, traurig. Sie wussten es beide. Bei diesem Wetter konnten sie unmöglich weitermachen.

Und dann diese Spuren, die in einer Wasserrinne endeten.

Trotzdem wollten Pila und Tor die Suche nicht endgültig aufgeben.

»Wir machen weiter, sobald die Sicht besser wird«, sagte Pila entschlossen. »Es gibt eine Menge Inseln und Schären, die wir nicht genau abgesucht haben. Bei diesem Wetter . . .«

Der Lichtkegel des Scheinwerfers war eine weiße Schneesäule. Pila dachte an die Kinder. Er dachte an die Eltern. Und er dachte an seinen eigenen dreizehnjährigen Sohn.

16

Auf ihrer Eisscholle hörten sie noch eine Weile das Donnern des Hubschraubers. Es wurde schwächer und verlor sich schließlich ganz.

Die Schneeflocken fielen dichter als zuvor. Und die Dunkelheit war endgültig da. Sie sahen nur noch sich und einen begrenzten weißen Fleck auf der Eisscholle um sich herum. Sonst war alles dunkel.

Knut war auf dem Schlitten zusammengesunken. Er konnte es nicht glauben, dass der Scheinwerfer erloschen und der Hubschrauber verschwunden war. Er hatte nicht gewusst, dass man so sehr enttäuscht werden konnte ohne zu heulen. Auf die äußerste Insel Utskjæra wagte er nicht mehr zu hoffen. Sie mussten daran vorbeigetrieben sein. Weit vorbei.

Aber irgendwie war er sicher, dass sie noch nicht auf dem offenen Meer trieben. Ab und zu, wenn das Schneetreiben nachließ, glaubte er Lichter zu erkennen. Es hätten Sterne sein können, aber dazu war es zu bewölkt. Vielleicht war es der Rettungskreuzer, der sich durch die Eisschollen arbeitete? Er hoffte es. Inständig. Und dass der Hubschrauber zurückkommen möge.

Er erzählte den anderen, was er dachte. In dem Moment sahen alle drei ein Licht.

»Sie suchen uns noch«, sagte Tine.

»Das sind ja zwei Lichter!«, rief Leif.

War es der Rettungskreuzer? Oder kam das Licht vom Land? In der Dunkelheit konnten sie unmöglich erkennen, in welche Richtung sie trieben. Ob vom Licht weg oder auf das Licht zu.

Der Rettungskreuzer Nanki Bergesen kämpfte sich langsam durch die Eisschollen. Sein Scheinwerfer leuchtete nicht weit. Der Kapitän fürchtete, die Eisscholle zu rammen ohne die Kinder zu bemerken. Die Strömung war stark. Das Eis trieb schnell.

»Der Hubschrauber hat wegen dem Schneetreiben vorerst aufgegeben!«, kam über Funk die Meldung.

»Wir sind nicht nur völlig blind«, antwortete der Kapitän, »wir gefährden auch die Kinder, wenn wir weiterfahren. Wir halten die Position und warten auf bessere Sicht.«

»Die Piloten meldeten eine Spur, die in einer Wasserrinne endet«, sagte die Stimme im Funkgerät.

»So etwas steht zu befürchten«, antwortete der Kapitän.

»Sobald die Piloten zurück sind, werden wir einen Krisenstab bilden. Wir melden uns wieder.«

17

Die Eltern der Kinder saßen noch immer beisammen. Sie zogen es vor, gemeinsam zu warten und zu hoffen. Draußen heulte der Wind. Um die Straßenlaternen wirbelte der Schnee.

»Uns erscheint das vielleicht schlimmer, als es ist«, sagte der Vater von Knut und Tine, »weil wir Angst haben.«

Das einzig Beruhigende war der Hubschrauberlärm draußen in der Dunkelheit. Verstummte dieses Geräusch, packte die vier Erwachsenen sofort die Angst. Wurde das Geräusch wieder hörbar, fragten sie sich jedes Mal: Ob sie sie gefunden haben? In quälender Spannung verstrich die Zeit.

Da wurde das Hubschraubergeräusch wieder lauter. Alle vier standen auf, lauschten gespannt. Der Lärm des Rotors nahm zu. Die Fenster vibrierten leise. Hatten sie etwas gefunden? Alle vier liefen hinaus in das Schneetreiben. Unmittelbar über ihnen blinkte und knatterte es. Doch kurz darauf war der Hubschrauber verschwunden.

Hilflos standen vier Gestalten im Schneesturm. Das war kein gutes Zeichen.

»Hier konnten sie natürlich nicht landen«, sagte der Vater von Knut und Tine. »Die Piloten wissen ja nicht, wo wir wohnen. Sie werden wahrscheinlich nach Rygge fliegen.«

Das Wort Krankenhaus wagte er nicht auszusprechen.

In diesem Moment klingelte das Telefon. Alle starrten auf den Apparat. Was würden sie erfahren?

»Ja, Johansen«, sagte der Vater von Knut und Tine so ruhig er konnte. Die anderen standen neben ihm um mitzuhören.

»Suche eingestellt«, wiederholte Johansen mit einem tiefen Seufzer. »Vorläufig«, fügte Lensmann Jansen hinzu. »Nur vorläufig. Bei dieser schlechten Sicht ist es unverantwortlich, weiterzumachen.«

»Verstehe«, antwortete Johansen tonlos.

»Sobald sich das Wetter bessert, wird die Suche fortgesetzt. Nein, wir warten nicht bis morgen früh. Wenn es nur ein bisschen aufklart, starten wir wieder.«

So hatte es Pila versprochen. Warum sollte kein Wunder geschehen?

18

Das Rotorengeknatter des Hubschraubers war längst verstummt. Das Licht war ebenfalls verschwunden. Der Wind hatte zugenommen. Manchmal knackte die Eisscholle. Immer noch hörten sie das Nebelhorn.

Knut war wieder in sich zusammengesunken, verzweifelt, ohne Hoffnung und voller Angst. Er hielt sich die Ohren zu. Er konnte dieses Knacken des Eises nicht mehr hören. Er spürte es trotzdem. Das tiefe Meer unter ihnen. Die Vorstellung, dass sie auf einer kleinen Eisscholle durch die Dunkelheit trieben, unter sich das schwarze, abgrundtiefe Wasser.

Er wusste, wie es dort unten aussah. Er hatte darüber gelesen. Da gab es tiefe Täler und Berge. Die höchsten Gipfel ragten hier und dort knapp aus dem Meer heraus. Das waren die Inseln und Schären, die ihnen im Tageslicht so vertraut waren.

Jetzt, in der Dunkelheit, war alles anders. Da drängten sich ihm diese Bilder von Abgründen in den Kopf, dass ihm schwindlig wurde. Einfach die Gewissheit, dass es so ist. Wie wenn man auf einer hohen Brücke steht. Oder am Rande einer Schlucht. Da wird einem schwindlig. Da saust es in den Ohren. Das Herz klopft schneller.

Er hatte das Gefühl, er schwanke. Direkt am Abgrund. Als würde er von der Tiefe angezogen. Was war das? Er *wollte* nicht fallen! Aber der Sog war da. Einfach umkippen. Versinken. Weg von hier.

Knut klammerte sich an den Schlitten. Er wusste nicht, wie lange er schreckensstarr so dagesessen hatte. Aber jetzt richtete er sich auf. Was war das? Vor ihnen erhob sich etwas Dunkleres als die Nacht. Etwas Großes schien aus dem Meer aufzusteigen. Jetzt sah er es auch zu beiden Seiten.

»Eine Insel! Land!« Mehr brachte er nicht heraus.

Die Eisscholle knirschte und kratzte und rüttelte. Dann geschah nichts mehr.

Auf einmal eine wunderbare Stille. Was hatte sich verändert? Richtig, sie trieben nicht mehr. Und sie konnten das Land erkennen. Immer deutlicher, nachdem sich die Augen darauf eingestellt hatten.

Sie waren in eine Bucht getrieben. Sie waren auf Grund gelaufen. Das scheußliche Gefühl der Dünung und der Tiefe war weg. Hier gab es keine Wellen, die das Eis zerbrechen konnten.

Sie standen auf Grund.

19

Mit tastenden Schritten gingen sie über das Eis. Steif vor Kälte. Sie wagten kaum die Füße aufzusetzen. Ungläubig schauten sie die dunklen Berge an. Keiner traute sich vorauszulaufen. Aneinander gedrängt bewegten sie sich vorwärts, einer schob den andern. Noch waren sie nicht in Sicherheit. Noch vermieden sie es, laut zu reden, hatten Angst, es könne plötzlich irgendetwas passieren. Sie wussten nur zu genau, dass sie nach wie vor auf der Eisscholle waren.

Es sah aus, als stehe ein kleiner Troll auf dem Eis. Ein kleiner, ängstlicher, frierender Troll mit drei Köpfen, der sich vorsichtig umguckt.

Eng beisammenbleiben, das hält warm. Hatten sie gemerkt. Und man fühlte sich sicherer. Jetzt waren sie an den Rand des Eises gelangt.

Was war das für eine Insel? Es schien, als sei sie unmittelbar aus dem Meer aufgetaucht. Wie ein Spuk. Vor ihnen schimmerte schwarz und nass eine Felsenklippe. Weiß gestreift und mit einem langen Bart aus Schnee und Eis. Ihre weiße Spitze ragte hinein in Nacht und Schneegestöber.

Sie gingen vorsichtig am Rand des Eises entlang. Sie näherten sich dem Felsen. Sahen, dass das Schwarze an dem Felsen kein Meerwasser war, sondern eine dünne Eisschicht. Mit weißen Streifen von Schnee, der in den Ritzen lag. Hinter dem Felsen konnten sie einen Geröllstrand erkennen. Aus dem Spuk wurde eine gewöhnliche Insel. Sie trauten sich zu flüstern.

»Ob hier jemand wohnt?«
»So weit draußen? Nie.«
»Vielleicht sind wir gar nicht so weit draußen?«
»Wer weiß, wohin wir getrieben sind.«
»Wir müssen an Land kommen ohne nass zu werden. Sonst erfrieren wir.«

Sie tappten vorsichtig am Rand des Eises entlang. Jetzt jeder für sich, aber nicht weit voneinander entfernt. Da knallte das Eis.

Die Scholle hob sich, wurde weiter in die Bucht geschoben und prallte krachend auf den Strand. Die Kinder hatten das Gleichgewicht verloren, waren hingefallen. Voller Schreck rappelten sie sich auf, hatten nur eines im Kopf: So schnell wie möglich an Land! Sie rannten. Sie stürzten. Sie standen wieder auf. Endlich lagen sie auf dem Geröll. Keuchend und stöhnend. Sie waren auf den vereisten Steinen ausgerutscht, bevor sie auf den spitzen schneebedeckten Steinen weiter oben liegen blieben.

Einer nach dem andern kamen sie mühsam auf die Beine. Wimmerten leise. Bewegten sich vorsichtig auf dem glatten Untergrund.

Sie hatten es geschafft. Sie waren an Land! Was machte es schon, dass sie sich an den Steinen aufgeschlagen hatten. Das war auszuhalten. Freude stieg in ihnen auf. Betäubte den Schmerz.

Leif stand langsamer auf als die andern. Zuerst hatte es nicht besonders wehgetan. Er war auf dem Eis gestolpert und ein Stück gerutscht. Für einen Moment war das eine Bein eiskalt gewesen. Aber im nächsten Augenblick war er hochgeschnellt und hinaufgerannt zu den glatten Steinen.

Das eine Bein wollte nicht so recht, stellte er verwundert fest. Als er es anfasste, verstand er den Grund. Er musste mit dem Bein im Wasser gewesen sein. Die Nässe hatte den Schmerz nach seinem Sturz gedämpft.

Und wenn niemand auf der Insel wohnte? Wenn sie nicht gleich gefunden wurden? Und er war nass!

Er fühlte noch einmal hin. Es war nicht so schlimm, wie er zuerst gedacht hatte. Ein nasser Fleck am Knie und am Oberschenkel.

Leif hinkte zu den anderen.

Drei dunkle Gestalten auf dem Geröllstrand.

Vor sich konnten sie eine kleine verschneite Wiese und ein paar Felsen erkennen. Aber jetzt wollten sie nicht weitergehen. Noch nicht. Sie schauderten. Vor Erleichterung. Und vor Kälte. Der Schauder half ihnen beim Springen. Wie ein unsichtbares Wesen, das sie packte und schüttelte. Die Zähne fingen von selbst zu klappern an. Ein richtiges Orchester. Und die Stimmen lösten sich bei ihrem Tanz. Ein unverständliches Schreien, das aus ihnen herausbrach.

»Aaaaaaa oooooo«, klang es und dazu klapperten die Zähne. Ein Indianerstamm, der im Dunkeln tanzte. Sie stampften hintereinander durch den Schnee. Schüttelten sich, hüpften und schrien aaaaaoooo... Das kam einfach so, von selbst. Dachte Knut erstaunt. Er musste lachen, während er im Rhythmus des seltsamen Gesanges hüpfte, der tief aus ihrem Innern kam.

Und noch etwas kam. Die Freude. Ihre Stimmen wurden lauter... Sie tanzten und hüpften wie die Verrückten. Und ihre verfrorenen Körper tauten auf. Der Gesang ging über in Lachen. Sie tanzten und lachten vor Erleichterung festen Boden unter den Füßen zu haben.

Dann war der Tanz vorbei. Das Schreien und Lachen verstummte. Da standen sie. Auf der Insel war es grabesstill. Auf einmal war die Dunkelheit wieder da. Schwärzer denn je. Beim Tanzen hatten sie alles um sich vergessen.

Ihr Lachen ging über in ein Schluchzen, gegen das

sie mit Räuspern und Husten ankämpften. Sie hatten Angst, das Weinen könnte sie überfallen. Und mitreißen. Sie hatten Angst vor der schrecklichen Verzweiflung, die dann hochkommen würde. Das durfte nicht passieren.

Wenn sie die Insel erkunden wollten, konnten sie jetzt nicht zu heulen und zu jammern anfangen.

Sie mussten etwas unternehmen, das war Knut klar. Lange genug war er wie gebannt auf diesem Schlitten gesessen. Und konnte nichts tun als sich an die andern klammern.

»Also los«, sagte Knut. Ihm fiel nichts anderes ein. Er wusste nur, dass sie auf keinen Fall stehen bleiben und warten durften, bis die Verzweiflung, die in ihnen war, ausbrach. Und das würde passieren, sobald sie tatenlos herumstanden.

»Wir müssen die Insel erkunden«, fügte Knut hinzu.

»Und wir müssen nach Lichtern Ausschau halten«, sagte Tine.

»Bei dieser Dunkelheit sehen wir einander ja kaum«, murmelte Leif. »Da findet uns sowieso keiner.«

Aber er folgte den andern.

Sie blieben auf einer kleinen Anhöhe stehen und blickten hinaus aufs Meer.

»Stockfinster«, sagte Leif.

»Hoffnungslos«, sagte Tine. »Diese Dunkelheit hat gar kein Ende.«

»Oho. Was dir immer Komisches einfällt«, sagte Knut.

»Nein, du hast doch die merkwürdigen Einfälle«,

entgegnete Tine. »Was hab ich denn so Komisches gesagt?«

Knut schluckte.

»Könnt ihr mit der Streiterei nicht warten, bis wir gerettet sind?«, unterbrach Leif.

»Meinetwegen.« Knut hörte aus Tines Stimme ein Lächeln. Das galt zwar Leif, aber es tat trotzdem gut. Durch diese Stimme wurde alles heller. Weil sie altbekannt und vertraut klang in dieser unheimlichen Dunkelheit. Denn die Dunkelheit *war* unheimlich.

Es war, wie Tine gesagt hatte: Die Dunkelheit hier draußen war ohne Ende. Grenzenlos. Ihn schauderte.

»Los, wir erkunden die Insel«, rief er schnell.

20

Im Gänsemarsch zogen sie los. Sie mussten vorsichtig gehen, hielten öfters an. Im Schneckentempo kamen sie durch die Dunkelheit voran.

»Uh, uh, Indianer«, schnatterte Leif.

»Die hätten schon lange einen Unterschlupf gefunden«, meinte Tine.

»Das möchten wir ja auch«, entgegnete Leif. »Und außerdem wollte ich nur etwas sagen. Wir schleichen dahin, als wären wir auf der Jagd.«

»Dann sing halt«, sagte Tine. »Schließlich hat nicht jeder so eine schöne Stimme wie du.«

»Ich dachte nur, dass uns das gut tun könnte«, sagte

Leif. »Hier ist es verdammt still. Das macht mich ganz verrückt. Und ich denke auch, es kann nicht schaden, die Lungen in Schwung zu bringen.«

Singend und summend stapften die drei weiter.

Sie umrundeten einen Felsklotz und kamen zu einem kleinen Wiesenstück. Sie blieben stehen und schauten sich erwartungsvoll um. »Die Insel ist größer, als ich dachte«, sagte Knut. »Wir haben Schwein gehabt.«

Es tat gut, so was zu hören.

Knut überquerte die Wiese. Die andern hinterher. Sie genossen es, seiner Spur zu folgen. So hatten sie das Unbekannte, Gefährliche für eine Weile nicht unverdeckt vor sich.

Irgendetwas Dunkles erhob sich vor ihnen. Knut konnte nicht erkennen, was es war. Er blieb stehen und starrte angestrengt in die Nacht. Was war das? Die andern standen bewegungslos hinter ihm. Ein Felsblock kann es nicht sein, dachte Knut.

Es rauschte leise. Knut ging vorsichtig ein paar Schritte weiter. Die schwarze unbekannte Masse schien schräg abzufallen bis zur Erde. Unten war ein Schwanz aus verkrüppelten, niedrigen Bäumen. Knut ging näher an das Gebilde heran. »Komm mit«, rief er den andern zu und schlüpfte unter die Zweige der Bäume. Sie schlossen sich hinter ihm. Über ihm rauschte sachte der Wind. Es war stockdunkel. »Ich bin in einer Höhle!«, rief Knut.

In diesem Augenblick brauste es um ihn. Es war, als würde das Gesträuch auf einmal lebendig. Irgendetwas klatschte auf seinen Kopf. Es knackte in den dürren Zweigen und Ästen. Er schrie. Wollte raus. Stolperte. Die Angst war wieder da. Leif und Tine schrien ebenfalls. Aus der Höhle flatterte etwas Schwarzes über ihren Köpfen davon.

Knut saß am Boden. Das Herz hämmerte. Alles war wieder still. Er lauschte. Immer noch ängstlich. Aber seine Augen gewöhnten sich an die Umgebung. Er spähte zwischen den verkrüppelten Bäumen hinaus. Hörte das leise Rauschen des Windes. Und merkte, dass er auf der nackten Erde saß. Er stand vorsichtig auf.
    Allmählich kehrten die klaren Gedanken zurück. Er musste einen Raubvogel verscheucht haben. Ob es ein Adler war? Ihm lief es kalt den Rücken hinunter. Waren noch mehr Vögel da? Langsam kroch er vorwärts.

Er wollte hinaus. Krabbelte. Stützte sich an der Höhlenwand ab.
    Was war das? Er berührte die Wand ein zweites Mal. Klopfte. Es klang hohl. Das war keine Felshöhle. Das war ein Holzbrett. Und noch eines. Viele. Sie waren miteinander verbunden. Knut vergaß seine Angst. Hörte nur entfernt, dass Tine nach ihm rief. Seine Hände tasteten weiter. Brett für Brett. Unter seinen tastenden Händen entstand eine Form.
    Plötzlich war das Bild im Kopf.
    Ein Boot!
    »Ich habe ein Boot gefunden!«

»Wo bist du? Komm raus.« Das war Leif. »Hast du dir wehgetan?«

»Wehgetan?«

»Ja, du hast so fürchterlich geschrien. Und dann kam eine Krähe angeflogen.«

»Eine Krähe?« Knuts Stimme klang hohl unter dem Boot.

Es war ein alter Kahn, den jemand gegen die Felswand gelehnt hatte. Er lag versteckt hinter Büschen und kleinen Bäumen.

Sie krochen unter das Boot. Sie kletterten darauf. Jetzt plapperten und lachten sie, erleichtert, dass nichts Schlimmes passiert war. Stattdessen hatten sie etwas Schönes gefunden. Ein Boot war etwas Vertrautes. Dann waren vielleicht sogar Menschen in der Nähe?

»Zuerst diese seltsame Eule und dann ein Boot! Was du alles findest.« In Tines Stimme war ein Lächeln.

Knut kroch ins Gebüsch. Als er den Kopf auf der anderen Seite herausstreckte, konnte er Eis und das Meer erkennen. Dann war die Insel doch nicht sehr groß.

21

»Hier ist es windgeschützt und es schneit nicht herein«, sagte Tine. Auf Ästen und Zweigen saßen sie unter dem Boot.

»Wir müssen besser abdichten«, meinte Knut. »Und sobald es zu schneien aufhört, müssen wir Wache halten.«

»Genügt es nicht, wenn wir horchen?«, sagte Tine.

»Denk an den Rettungskreuzer«, entgegnete Knut. »Es kann sein, dass er kommt. Wenn der Wind das Eis nicht zu heftig treibt.«

Sie froren. Unter dem Boot saßen sie eng beieinander. Das half ein wenig. Aber die Kälte kroch trotzdem in sie.

»Ich hab nie gedacht, dass ich mal auf einer Insel hocken würde – mit einem alten Kahn überm Kopf.« Leif versuchte zu scherzen. Aber seine Stimme klang heiser. Man merkte, dass er alles andere als fröhlich war. Er versuchte das Heisere in der Stimme wegzuhusten um wieder keck und munter zu sein, aber es gelang ihm nicht.

Wäre ich beim Fischen bloß nicht so weit rausgegangen. Hätte ich bloß dort draußen keine Löcher gebohrt. Dann säßen wir nicht hier. Wir hätten es geschafft, an Land zu kommen.

»Hunger hab ich auch«, jammerte er.

Die Fischertasche!, dachte Tine. Die Stullen mit gesalzener Wurst. Aber die Tasche hing am Schlitten. Und

der Schlitten stand auf dem Eis. Und unter dem Eis ...
Sie schauderte.

»Ich riskiere nicht Kopf und Kragen für zwei Scheiben Brot«, meinte Knut. Tine erwiderte nichts. Sie blieb sitzen und starrte in die Dunkelheit. Als sähe sie etwas dort. Oder in ihrem Innern.

»Erinnerst du dich an unseren Herbstausflug?«, sagte sie langsam.

»Klar«, antwortete Knut.

»Da hat Papa die Fischertasche getragen«, fuhr Tine aufgeregt fort. »Fällt dir dazu etwas ein?«

»Es gab keinen Fisch. Wir haben Würste gegrillt. Worauf willst du raus?«

»Wir haben ein Lagerfeuer gemacht.«

»Ja.«

Tine zitterte.

»Meinst du ... glaubst du ...«, Knut schluckte, »... dass in der Tasche Zündhölzer sind?«

»Ich habe eine Schachtel Zündhölzer *gesehen*«, antwortete Tine. »In der kleinen Seitentasche bei den Ködern. Ein bisschen zusammengedrückt. Ich hab sie kürzlich gesehen. Und in meiner Fischertasche macht keiner Ordnung.«

Leif räusperte sich und es gelang ihm, mit normaler Stimme zu reden. »Wollt ihr damit sagen, dass eine Tasche mit Zündhölzern am Schlitten hängt? Und wir hocken hier im Stockfinstern und bibbern!«

Leif hatte sich so hingesetzt, dass der nasse Fleck bedeckt war. Aber die eisige Kälte ließ sich nicht aufhalten und er zitterte an allen Gliedern.

»Ich finde, wir sollten die Schachtel holen«, sagte Leif. »Wir frieren uns zu Tode, wenn wir bloß rumhocken.«

Sie standen unten am Geröllstrand. Schneekörner stachen ihnen ins Gesicht. Irgendwo in der Dunkelheit war der Schlitten. Sie hörten es gurgeln und schmatzen unter dem Eis. Es trieb hinaus und kam zurück zum Ufer, getragen von den starken unterirdischen Strömungen.
Sie balancierten hintereinander über die glatten Steine. Zwischendurch blieben sie stehen und starrten hinaus in die Dunkelheit. Sie wollten so gerne zum Schlitten. Aber ihnen graute vor dem Meer und dem Eis.
Sie balancierten weiter. Es tat gut, sich zu bewegen. Obwohl sie die Kälte, die in ihnen saß, nicht loswurden. Keiner redete darüber. Aber sie wussten es. Diese Kälte durfte nicht tiefer in sie dringen. Sie mussten die Zündhölzer kriegen.
Vorsichtig tappten sie auf die Landzunge hinaus um näher an den Schlitten heranzukommen. Und um nicht weiter als nötig auf das Eis zu müssen. Sie blieben stehen. Die Landzunge fiel schräg ab und verschwand unter dem Eis. »Der Schlitten«, schrie Leif. »Ich seh ihn!«
Sie erstarrten. Sie wussten, dass jetzt einer sagen musste: »Ich geh«, oder »Ich hole ihn.«
Wer traute sich? Wer hatte am wenigsten Angst?

Plötzlich machte Leif einen Satz. Sprang.
Das Eis krachte nicht. Eine schwarze, undeutliche

Gestalt lief hinaus. In diesem Moment kam eine Schneeböe. Leif verschwand in der Nacht. Die beiden Zurückgebliebenen standen da wie gelähmt.

»Leif?«, versuchte es Tine vorsichtig.
»Leif!«, schrie sie. »Wir sind hier!«
»Er kann uns nicht sehen. Er muss uns hören.« Da fand auch Knut seine Stimme wieder. Das, was er eben gesehen hatte, war für ihn das Schlimmste. In der Dunkelheit verschwinden. Weg sein. Jetzt konnte er sein ganzes Entsetzen hinausschreien. Und dabei helfen. Helfen, dass Leif zurückfand.
Sie schrien, sie heulten. Plötzlich stockten sie. Horchten. Und spähten hinaus in die Dunkelheit. »Leif«, riefen sie ängstlich. Aber die Dunkelheit um sie blieb stumm.

Zuerst hörten sie ein Kratzen. Undeutlich. Dann einen kleinen Knall.
»Au«, rief jemand. Sie liefen dem Geräusch nach. »Es ist aus der Bucht gekommen, nicht wahr?« Ja, da hörten sie das Stöhnen wieder. Es war Leifs Stimme.

Sie wären in der Dunkelheit beinahe mit ihm zusammengestoßen. Weit unten am Strand hatte er sich an Land gerettet. Er war mit dem Tretschlitten gefahren, so schnell er konnte, und war damit auf die Ufersteine geprallt.
»Ich bin ein bisschen nass geworden«, stöhnte er. »Ich hab mich so beeilt. Habe auf einmal nichts mehr gesehen. Ich wusste nicht mal, ob ich in der richtigen Richtung fuhr. Ich hab's gar nicht kapiert, als plötzlich

das Ufer da war. Und dann nichts wie an Land . . .« Er keuchte. »Im Stiefel bin ich nicht nass . . . nur am Bein und am Ellbogen.«

Der Tretschlitten lag umgestürzt auf dem Eis, in der Nähe eines großen Steines.

»Die Tasche!« Leif erhob sich. »Hier ist sie.« Er hielt sie am Schulterriemen in die Höhe. »Ich habe sie nicht verloren. Hier!« Er hielt sie ihnen hin. Tine öffnete sie. Kramte fieberhaft zwischen Ködern und Angelschnüren. Sie mussten da sein. Mussten! Das zur Hälfte verzehrte Esspaket fiel heraus. Sie achtete nicht darauf.

Da spürten ihre Finger etwas. Sie hielt inne, fühlte. Sie spürte, wie Freude und Erleichterung in ihr aufstiegen. Sie hielt die Zündholzschachtel in der Hand!

»Ich hab sie!« Sie sagte es schnell und froh.

»Ich habe die Zündholzschachtel!«, wiederholte sie lauter.

»Jetzt wird alles gut.« Sie schüttelte die Schachtel. »So ein schönes Geräusch.«

Es rasselte und raschelte. Verhieß Feuer und Wärme.

Jetzt hielten sie sich nicht mehr zurück und ließen ihrer Freude freien Lauf.

Wieder hörte man unten am dunklen Strand ein Geschreie und Gejohle. Und diesmal war es reines Freudengeheul.

»Nicht zu fassen, wir haben Zündhölzer«, freuten sie sich beim Zurückgehen.

»Dass du dich das getraut hast. Einfach zu springen.«

Leif humpelte zwischen ihnen.

»Ich habe gar nicht gewusst, dass du ein solcher Kerl bist«, sagte Tine.

»Einfach hinein in die Dunkelheit rennen und Tasche und Zündhölzer holen«, sagte Knut. »Das hast du getan«, sagte er anerkennend.

Leif spürte die Anerkennung. Wusste, wie sie es meinten. Das war keine Angeberei. Diesmal ist er aufs Eis hinausgegangen um zu helfen. Obwohl er Angst gehabt hatte. Er zitterte noch immer.

22

Sie sammelten Zweige. Sie aßen gefrorenes Brot mit salziger Wurst, ließen es auf der Zunge zergehen. Spürten, wie der Geschmack sich im Mund ausbreitete. Dass ein gewöhnliches Wurstbrot so gut schmecken konnte! Die Lebensgeister regten sich. Nach einer halben Scheibe verlangte der Magen nach mehr. Erst jetzt merkten sie, dass sie Hunger hatten.

Wie klamm und steif die Finger waren. Und wie sie zitterten. Die ersten Zündhölzer wollten nicht. Ritzten nur ein bisschen die Dunkelheit. Sie beugten sich vor. Schirmten mit den Händen ab. Sie *mussten* ein Feuer haben, so sehr froren sie jetzt. Besonders Leif. Ein weiteres Zündholz flammte auf. Es brannte an und züngelte am Butterbrotpapier. Es nahm Knuts Taschentuch. Die Zweige fauchten zuerst. Wollten kein Feuer fangen. Aber auf einmal loderte es auf in der Felsspalte. Ein kleines Feuer. Nur ein kleines Licht in der Dunkelheit. Aber sie konnten ihre Gesichter wieder erkennen. Der Felsklotz vor ihnen wurde zu einem gewöhnlichen Felsklotz mit gefrorenem Moos. Und das Boot, unter dem sie saßen, nahm Gestalt an.

Wie schön dieses kleine Licht war. Und wie es alles verschönte. Sie waren beinahe blind gewesen. Waren in dieser erdrückenden Dunkelheit herumgeirrt. Jetzt konnten sie sehen.

Ein Feuer ist etwas Seltsames, dachte Knut. Und hier ist es ganz anders. Nie hatte er die Erwachsenen verstanden, die vor dem Feuer saßen und hineinglotzten. Jetzt saß er genauso da. Saß da und glotzte in das kleine Feuerchen. Nahm Wärme auf aus den bläulichen Flammen.

»Weiß man eigentlich, was Feuer ist?«, dachte er laut. »Es ist eine ganze Weile her, seit sie es erfunden haben«, sagte Leif.

»Ich glaube, ich habe Licht gemeint«, sagte Knut langsam.

»Fängst du schon wieder an«, sagte Tine. »Du findest es wohl auch seltsam, dass ein Zweig brennt. Oder dass Wasser Feuer löschen kann.«

»Und dass Wasser so hart wie Stein wird, wenn es kalt ist«, meinte Knut nachdenklich. »Wir glauben, wir wüssten das alles. Aber seltsam ist es trotzdem.«

»Für dich ist fast alles seltsam«, sagte Tine.

»Jedenfalls vieles«, erwiderte Knut. Er legte neue Zweige ins Feuer. Das Feuer war ihm nicht groß genug. Immer noch fauchte es bei den feuchten Zweigen.

Ihre Gesichter schienen zu flackern. Nicht nur das Feuer. Ein Puster nur, ein Windhauch konnte es ausblasen. Man musste solche Gedanken verscheuchen. Schreckliche Gedanken. Das Feuer durfte nicht ausgehen. Da loderte es wieder auf. Das machte ihn zuversichtlich. Jedes Mal, wenn es aufflammte, wurde er zuversichtlicher.

Er konnte nichts dafür, dass er solche Bilder sah. Er konnte das nicht beeinflussen. Gedanken und Bilder wuchsen einfach in ihm und *waren da*. Wie Einfälle oder Blumen. Blumen? Was für ein Bild sah er jetzt? Woher kam es? Warum sah er blaue Blumen? Blaue Blumen, die sich öffneten. Es war ein schönes Bild.

Ich sehne mich wahrscheinlich nach dem Frühling, dachte er.

Wir sind nicht in der Dunkelheit verschwunden. Wir sind nicht im Meer versunken. Wir sitzen auf einer Insel und wir haben ein Feuer.

Jetzt, nachdem das Feuer größer wurde und wärmte, wurde es heller in ihm.

Vielleicht, weil ich an Blumen denke. Er lächelte. Blaue Blumen. Bald wird der Frühling kommen. Mit grünem, saftigem Gras und bunten Farben überall.

Er saß da und sah sie vor sich. Das war fast, als hätte der Frühling begonnen. In ihm drinnen. Stellte er sich vor, wie er so dasaß. Unter einem Kahn. Im Schneegestöber. Draußen auf einer einsamen Insel. Und alles nur wegen dem kleinen Feuerchen.

Knut fand, das Feuer sei nicht groß genug. Er hatte sich Gesicht und Hände gewärmt. Aber die Kälte, die im Körper saß, war nicht weg. Sitzen und warten und hoffen. Und sich über das Feuer freuen. Das genügte nicht. Sie brauchten ein größeres Feuer! Knut kroch hinaus zu den Bäumen um Zweige zu sammeln.

23

In der hellen Höhle aus Boot und Fels stopfte Leif sein Halstuch zwischen die nasse Hose und sein Bein.

»Nimm meines auch«, sagte Tine.

Leif blickte auf und sah sie an. Er zuckte zusammen. Wie sie ihn anschaute. Er blickte zu Boden. Dann fasste er Mut, hob den Kopf und begegnete ihrem Blick. Er sah etwas Dunkles darin. Aber dieses Dunkle war lebendig. Ein dunkler, glänzender Punkt in den braunen Pupillen. Der die Augen leuchten ließ.

War das wegen dem Feuer? Oder wegen ihrem Lächeln? Ja, es war wegen dem Lächeln. Freude stieg in ihm auf. Alle Farben wurden kräftiger. Sogar die blauen und rostroten Farbflecken an den Bootsplanken hinter ihr leuchteten.

Dieser warme Blick. Diese lächelnden, lieben Augen. Bisher hatte er sie nur flüchtig gesehen. Kurz und rasch. Jetzt wichen sie nicht aus. Blieben bei ihm.

Sie redeten nicht.

Leif warf einen Blick hinaus in die Dunkelheit. Dann schaute er sie wieder an. Es war noch da. Dieses Dunkle in ihren Augen.

Zwischen ihnen war etwas Neues. Er würde diese Augen nie mehr vergessen können.

Was geschehen war, konnte nicht ausgelöscht werden. Er fasste Mut und schaute sie an. Er musste zurücklächeln. Rasch. Er traute sich jetzt. Weil er draußen auf dem Eis gewesen war und die Tasche geholt hatte.

Knut wühlte sich mit einem Bündel Zweigen aus dem Gebüsch. Dort war es sehr dunkel gewesen. Vermutlich hatte er zu lange ins Feuer geschaut. Er blieb stehen und sah das flackernde Licht des Feuers aus ihrer Höhle unter dem Boot. Er wollte schnell dort hinein. Hinein in die Wärme zu den andern.
    Er hörte ein Murmeln von drinnen. Als hätten Leif und Tine etwas Gemeinsames. Das versetzte ihm einen Stich. Was ist?, wollte er rufen. Aber er blieb still stehen. Er spürte, dass er überflüssig war. Sie murmelten so fein und leise. Nur sie beide. Jetzt lachten sie. Er hätte seine Zweige am liebsten weggeworfen. War verärgert, weil er nicht dazugehörte.
    Er hätte es beinahe getan. Aber dann blieb er mucksmäuschenstill stehen und horchte. Er hörte noch etwas, das tiefer klang als ihre Stimmen. Das Geräusch schwoll an. Plötzlich wurde die Ahnung in ihm zur Gewissheit.
    »Der Hubschrauber!«, schrie er. »Sie kommen! Sie suchen wieder nach uns!«

24

Tor war ein paar Mal draußen gewesen und hatte das Wetter beobachtet. Schneite es nicht ein bisschen weniger? Aber jedes Mal kam er enttäuscht und kleinlaut zurück in den Bereitschaftsraum. Erst als es Nacht wurde, ließ das Schneegestöber nach. Nicht viel. Aber ab und zu sah er für einen kurzen Moment den Mond hinter den Schneewolken. Als wolle er ihm zublinzeln: »Bald wird es besser!« Tor blinzelte zurück. Er rannte die Treppe hinauf und riss die Tür des Bereitschaftsraumes auf.

»Mondschein«, keuchte er. »Der Computer drüben in Sola hat wohl Stromausfall?«

»Jetzt kommt eine neue Meldung.« Der Wachhabende am Fernsprecher hielt Ruhe gebietend eine Hand hoch. Er nickte, lächelte, notierte.

»Es kann losgehen«, sagte er, während er schrieb.

Der Bordingenieur saß auf seinem Platz hinter den beiden Piloten. Er grinste. Er hatte Pila und Tor an der Tür getroffen. Sie waren mit einer solchen Geschwindigkeit und einem solchen Lärm die Treppe heruntergekommen, dass man meinte, sie würden sich überschlagen. Tor leierte bereits Daten über Kurs, Position, neueste Wettermeldung, Höhe, Sicht plus eigenes Alter, Geburtsdatum und den Namen seiner Frau herunter. Alles in einem irrsinnigen Tempo. Der Bordingenieur schüttelte den Kopf. Er spähte hinaus in die Dunkelheit. Er konnte keine Wetterbesserung feststellen. Soweit er wusste, flogen sie nach Funkkompass. Und er wusste auch, dass sie mitten durch ein Schneegestöber flogen. Das ließ hoffentlich bald nach, sonst würde es schwierig werden.

Mit einem Mal war der Hubschrauber draußen aus der Schneewolke. Es war, als gingen ihnen die Augen auf. Der Mond schien auf schneebedeckte Inseln. Sie sahen Eisschollen und große, schwarze Wasserrinnen.
In der Nähe des Tonsbergfjordes fing es wieder an zu schneien.
»Nur ein kurzer Schauer!«, knurrte Tor. Wütend spähte er hinaus ins Schneegestöber.
»Aufhören! Aufhören!«, fauchte er, als könnte ihn das Wetter verstehen.

25

Die Kinder standen am höchsten Punkt der Insel. Sie hörten, wie der Hubschrauber sich näherte. In den Händen hielten sie Zweige, die mehr glommen als brannten.
»Hier müssten wir das Feuer haben«, schrie Tine.
Knut antwortete nicht. Er spürte, wie der Schnee ihm ins Gesicht stach. Er sah, wie der Wind die glühenden Zweige ausblies.
Sie schwenkten glimmende Zweige in der Dunkelheit. Immerhin besser als nichts. Und jetzt war keine

Zeit unten neue Äste zu holen. Der Hubschrauber kam schnell näher.

Da dröhnte er schon über ihnen. Ein weißes Licht streifte über die Insel. Es verharrte für einen Augenblick und bildete eine weiße Säule aus angeleuchtetem Schnee.

Eisiger Wind und Schnee peitschte ihnen ins Gesicht. Machte sie blind. Das Geknatter des Rotors war so nahe, dass sie ihr eigenes Schreien nicht hörten. Da glitt die Lichtsäule über sie hinweg. Sie sehen uns nicht, dachte Knut verzweifelt. Sie sehen diese erbärmlich leuchtenden Zweige nicht. Trotzdem fuchtelte und schrie er wie die andern. Der Hubschrauber durfte nicht wegfliegen! Das Licht durfte nicht wieder verschwinden! Das Boot!, fiel ihm plötzlich ein. Ich zünde das Boot an. Und das Gebüsch! Dann sehen sie uns. Er brüllte das den andern zu.

»Wir brauchen ein richtiges Feuer! Ein großes Feuer!« Er heulte vor Verzweiflung. Sie beachteten ihn nicht. Hörten ihn nicht. Heulten nur und winkten. Sie waren wie von Sinnen. Und als er zu ihnen ging, schoben sie ihn weg.

Knut rutschte und schlitterte die Anhöhe hinunter. Schlug sich auf, jammerte und stöhnte, lief aber weiter. Er hatte keine Zeit sich darum zu kümmern. War sofort wieder auf den Beinen und rannte hinüber zum Boot und zu den Büschen. Er stürzte hinein.

Im Nu hatte er ihr kleines Feuerchen mit seinen Fäustlingen gepackt und an die Bootsplanken gelegt.

Er scharrte es zusammen und legte zitternd neue Zweige darauf. Er riss sein Halstuch herunter, stopfte es zwischen die Zweige und blies, blies!

Der Hubschrauber donnerte über ihm. Bald lauter, bald leiser. Aber das Geräusch war da. Und das Donnern umfasste Knut. Es war wie ein Ruf. Nach ihnen.
»Ja!«, schrie er, als die Flammen am Holz emporzüngelten.

»Ja!«, heulte er und schlug mit dem Kopf gegen das Boot ohne es zu merken.

Gleich würden die Flammen hell auflodern. Ein Riesenfeuer würde aus der Dunkelheit scheinen. Das würden sie sehen! Das sollte ihre Antwort sein.

Das Donnern wurde leiser. Aber jetzt erfasste das Feuer die Bootsplanken, es flammte höher und höher. Knut stand im Schnee und tanzte und schrie, dann schlüpfte er wieder unter den Kahn. Da loderten die Flammen. Fauchten im feuchten Holz. Zischten in der alten Farbe.

»Mehr Zweige!« Das war Tine. »Sie sehen uns nicht!«
»Lass das Feuer in Ruh!« Knut warf sich ihr entgegen um sie zurückzuhalten.

Da kam Leif angekeucht. »Wir müssten das Feuer droben haben«, schnaufte er.

»Schnell!«, rief Tine.

Knut rannte ihr den Ellbogen in die Seite.

»Das muss ein großes Feuer werden!«, schrie er sie an. »Dieser nasse Kahn? Idiot!«, erregte sich Leif. Knut wollte ihm eine verpassen, traf aber Tine. Sofort warf sie sich auf ihn. Leif ebenfalls. Sie pufften und stießen ihn hinein ins Gebüsch. Knut schrie vor Wut. Versuchte sich zu wehren. »Nein!«, kreischte er, als sie Äste und Zweige aus seinem Feuer holten. Immer mehr brennende Zweige rissen sie heraus. Knut setzte zu einem Fußtritt an. Er traf Leif, aber der trat zurück. Knut bekam einen Tritt in den Bauch. Ihm wurde schwarz vor den Augen und er schwankte. Nur undeutlich sah er, dass Leif von der Nacht verschluckt wurde. Er hörte ihn schreien. Ihn und Tine.

Knut kroch näher zu den kläglichen Resten seines Feuers. Sein Bauch schmerzte. Er weinte vor Wut und Enttäuschung. Was war aus seinem Riesenfeuer geworden! Aus der großen, flammenden Antwort, die weithin sichtbar sein sollte.

Noch hörte er den Hubschrauber. Aber er schien sich entfernt zu haben. Er packte einen Zweig und kroch hinaus in die Nacht. Dort blieb er stehen. Die anderen waren auf der Anhöhe. Knut wedelte mit dem Zweig. Ein kleiner Feuerschein in der Dunkelheit.

26

Die Männer im Hubschrauber starrten nach unten. Ihre Augen waren rot gerändert, auf ihren Gesichtern glänzte Schweiß.

»Vermaledeiter Schnee!« Tor ballte die Faust.
»Sollen wir aufgeben?«, fragte Pila.
»Dieses Wort kenne ich nicht«, entgegnete Tor.
»Wir haben alles abgesucht und weiter können sie

kaum gekommen sein ... ohne Motor«, meinte der Bordingenieur.

Tor deutete auf das Schneegestöber.

»Sie können in einer Felsspalte liegen. Oder wir haben eine Eisscholle übersehen. Obwohl wir noch nie so genau abgesucht haben. Nach der Karte haben wir das gesamte infrage kommende Gebiet überprüft. Aber wie viel haben wir wirklich gesehen?« Er warf dem Bordingenieur einen skeptischen Blick zu.

In Luroy waren die Fenster in den Häusern hell geworden, nachdem sich die Nachricht vom Unglück verbreitet hatte. Für die Eltern der Kinder war es ein Trost, zu wissen, dass die Menschen in dem kleinen Fischerdorf Anteil nahmen. Einige Berufsfischer, die größere Schiffe besaßen, hatte angerufen und versprochen bei der Suche zu helfen, sobald sich die Verhältnisse besserten.

Auch der alte Fischer Berntsen rief an. »Es kann die Kinder weit hinüber nach Osten zur Insel Malm getrieben haben. Ich kenne diese Strömung. Bei dem Wetter der letzten Tage muss sie eine ganz schöne Geschwindigkeit erreicht haben. Können drei Knoten sein. Ich habe mit der Rettungsstelle telefoniert. Die glauben's nicht recht, aber es wäre besser, sie suchten weiter östlich. Bei Malm und den Inseln dort. Ich werde hinfahren, sobald dieser Sturm nachlässt.«

Gleich darauf klingelte es an der Tür. Draußen stand Frau Pedersen, die Nachbarin, mit einer Schüssel heißer, frisch zubereiteter Suppe.

»Wenn ein Unglück passiert, vergisst man oft das

Essen«, lächelte sie. »Nein, nein, ich will nicht hereinkommen.« Sie übergab die Schüssel und ging schnell wieder.

Der Mutter von Knut und Tine stiegen Tränen in die Augen.

»Frau Pedersen hat vor ein paar Jahren ihren Mann bei einem Schiffsunglück verloren. Sie kann nachfühlen, wie uns zu Mute ist. Obwohl dadurch alte, schmerzliche Erinnerungen wach werden. Sie trauert bis heute um ihren Mann.« Sie erhob sich langsam und holte tiefe Teller und Löffel. Die dampfende Suppe stellte sie auf den Tisch. Ein köstlicher Duft stieg auf. Überrascht stellten sie fest, dass sie hungrig waren.

Knuts und Tines Vater stand auf der Treppe und lauschte. Weit draußen über dem Fjord hörte er den Hubschrauber. Das Motorengeräusch war weiter entfernt als beim letzten Mal. Kam aus östlicher Richtung. Hatten sie doch auf Fischer Berntsen gehört?

Die anderen tauchten hinter ihm in der Tür auf. Es tat gut, den Hubschrauber wieder zu hören. Zu wissen, dass etwas geschah.

Wie es wohl den Kindern draußen in der Dunkelheit erging?

Es blies. Das Schneetreiben wurde dichter. Und auf einmal kam ein kalter Wind.

Der Hubschrauber rüttelte und dröhnte. Zum zweiten Mal mussten sie umkehren. Im Kopfhörer knackte es: »Wir haben auf dem Flugplatz von Torp noch einen Hubschrauber bereitgestellt. Diese Crew wird euch ablösen. Der Wetterbericht sieht nicht gut aus. Aber sie werden starten, sobald . . .«

»Wir nehmen Kurs auf Torp«, unterbrach Tor rasch.
»Aber . . .« Es knackte im Funkgerät.
»In diesem Schneegestöber müssen wir dorthin.«
»O.k., Tor, weitere Anweisungen dann aus Torp.«
»Übernehmt für uns«, murmelte Tor. Helft uns, meinte er damit.

27

Für die Kinder war es schrecklich gewesen, zu hören, wie das Geräusch des Hubschraubers allmählich erstarb. Sie hatten geheult und mit den glühenden Zweigen Zeichen gegeben. Aber das Donnern hatte sich immer weiter entfernt. Sie schluchzten und weinten, als dieses wunderbare Dröhnen, das Rettung bringen sollte, verstummt war. Dabei war es so nah gewesen. Sie hatten fest daran geglaubt, dass man sie entdecken würde. Dann wären sie jetzt daheim.

Lange waren sie frierend dagestanden und hatten darauf gewartet, dass das Geräusch zurückkommen würde. Hatten gewartet und gewartet. Aber es blieb still. Nur der Wind blies.
 Sie fühlten sich noch verlassener und froren stärker als vorher. Dass die Dunkelheit so schwarz sein konnte. Dass man sich so elend und klein fühlen konnte.
 Wortlos tappten sie abwärts. Manchmal schniefte einer.

Da rutschte Knut aus. Er spürte, wie die Wut in ihm hochstieg. Zornig und ohne Anlass trat er nach Leif. Jetzt war Leif derjenige, der stürzte. Merkwürdig, wie leicht der zu Boden ging.

Leif stöhnte. Mühsam erhob er sich. Er trat nicht zurück. Bist du schon so schwach, dachte Knut. Aber im Grunde hatte er es gewusst. Leif war bereits vorher erschöpft gewesen. Er hatte stärker gefroren als sie. Er war nass.

»Was machst du! Bist wohl nicht bei Trost!«, rief Tine.

Wieder kam in Knut die Wut hoch. Wut und Enttäuschung darüber, dass sie immer noch durch die Dunkelheit tappten.

»Wir hätten gerettet werden können! Sie hätten uns holen können und wir wären jetzt daheim, wenn ihr das Feuer nicht zerstört hättet. Das große Feuer! *Das* hätten sie gesehen. Aber ihr musstet es besser wissen!«

Er schrie sie an. Sie antworteten nicht. Sie stolperten einfach weiter. Weg von ihm, hatte Knut das Gefühl. Redeten nur miteinander.

Knut fühlte sich mehr und mehr alleine. Fast wäre er nochmals hingefallen. Zornig trat er nach dem Stein, der ihm im Weg gewesen war.

28

Knut brach wieder Zweige ab. Sie waren plötzlich so widerspenstig. Zäh und glitschig. Ließ er los, schnellten sie ihm ins Gesicht. Er fluchte und schimpfte im Gebüsch.

»Ihr meint wohl, ihr könnt überleben ohne euren dicken Arsch zu erheben!«, schrie er die anderen zwei an.

Es wurde schwieriger und schwieriger, trockene Zweige zu finden. Die nassen Äste zischten in der Glut. Der Rauch brannte in den Augen. Knut blies und hustete. Allen dreien tränten die Augen. »Wer weint, schläft nicht«, sagte Knut.

Das Feuer war erbärmlich. Es wärmte nicht mehr richtig. Knut schien es, als würde es noch dunkler. Die Nacht kreiste sie ein. Zuerst würde das mickrige Feuerchen verlöschen und dann . . .

Knut hatte auf einmal Angst.

»Wenn es bloß aufhören würde zu schneien«, sagte er leise. Keiner antwortete.

»Bei dem Wetter können sie nicht suchen.« Seine Stimme klang weinerlich. Neben ihm schnatterte Leif vor Kälte.

»Wir müssen uns bewegen«, sagte Knut. »Bewegen. Und uns dann eng zusammensetzen.«

Tine und Leif krochen enger zusammen. Knut machte einen Versuch sich zu ihnen zu setzen. Sie reagierten nicht. Saßen mit geschlossenen Augen da. »Wer jetzt einschläft, stirbt«, sagte Knut.

Sie zuckten zusammen. Das hat geholfen, merkte er. Sie drückten sich näher an ihn. Da wurde ihm schlagartig klar, wie schrecklich das war, was er gesagt hatte: Das *war* kein Witz! Wenn sie jetzt einschliefen, würden sie nicht mehr aufwachen. Nie mehr.

Sie drängten sich eng aneinander. Ab und zu stießen sie einander an um nicht einzuschlafen. Rieben sich. Besonders Tine und Leif, hatte Knut den Eindruck. Er war kurz draußen in der Dunkelheit herumgestapft. Der Wind war kälter geworden und er konnte die Hand nicht vor den Augen sehen, nachdem er so lange in das kleine Feuer gestarrt hatte. Es tat gut, wieder unter den Kahn zu schlüpfen. Sehen zu können. Das war etwas Vertrautes. Etwas Wärme.

Knut legte neue Zweige ins Feuer. Was waren das für tanzende Schatten? Was war das für eine weite, wehende Dunkelheit, die nach ihm griff? Was war das für ein Knistern, das ihn mit glühenden Augen anschaute?

Er erschrak. Wäre ich beinahe eingeschlafen? Sehe ich Gespenster? Sind die Kälte und die Nacht daran schuld?

Es ist nur das Feuer, das da knistert und glüht, beruhigte er sich. Und stieß die anderen an. Sie waren wach und drückten sich eng zusammen. Die zwei.

Nicht einschlafen! Nicht einschlafen!, ermahnte er sich selber. Wenn ich einschlafe, sterbe ich. Wenn ich Gespenster sehe, werde ich sofort aufspringen und laut schreien! Dann wachen wir auf!

Knut kümmerte sich um das Feuer. Legte ab und zu Zweige hinein. Hatte Angst die Augen zu schließen und einzunicken. Er saß mit weit geöffneten Augen da und zwinkerte nur, wenn es unbedingt nötig war.

29

Wie lange es her ist, dass ich daheim war, dachte er. Daheim im vertrauten Haus mit seinen guten, schützenden Holzwänden. Die jede Dunkelheit abhalten. Ja, dort nahm man sie kaum wahr, die Dunkelheit. Und Papa, der Holz in den Ofen warf. Der ihn fütterte, bis es gemütlich knisterte. Das war eine andere Wärme. Da tickte die Wanduhr ruhig und gleichmäßig.

Knut seufzte und zwinkerte schnell ein paar Mal. Er sah die Wohnstube deutlich vor sich. Sie war nahe und trotzdem weit weg.

Erst vor kurzem war es hell gewesen und trotzdem war es lange her. Ist lange her, dass ich daheim war, dachte er.

Seltsam, dachte er. Man schaut auf die Uhr. Es ist neun, und zehn, und es ist halb zwölf. Aber es ist lange her, seit es sechs Uhr war. Seitdem hätten Tage vergangen sein können. Er mochte nicht auf die Uhr schauen. In dieser Nacht war sie untauglich um die Zeit zu messen. Es geschah zu viel Schreckliches. Sie passte in die helle Stube, dort konnte sie die Zeit anzeigen. Aber hier, in dieser Dunkelheit? Die Zeiger drehten sich nur für sich. Ihre Zeit stimmte nicht. Es war viel länger her, seit sie von zu Hause fortgegangen waren. Nicht nur ein paar Stunden. Das spürte er ganz stark.

Knut musste öfter zwinkern. In immer kürzeren Abständen klappten ihm die Augendeckel zu. Besonders, wenn er die hellen, angenehmen Bilder von der Wohnstube vor sich sah.
Einen Augenblick lang glaubte er dort zu sein. Da kippte er langsam zur Seite und wachte auf. Schon wieder wäre er beinahe eingeschlafen. Erschreckt fuhr er in die Höhe.
»Ich wäre beinahe eingeschlafen!«, schrie er. »Ihr könntet auch einmal auf das Feuer aufpassen. Mir fallen die Augen zu, wenn ich ständig hineinglotze. Ich fange an zu träumen und dann schlafe ich ein. Das ist jetzt zweimal passiert. Reiner Zufall, dass ich wach geworden bin!«
»Wir sind wach«, murmelte Tine.
»Du redest so komisch, so langsam«, sagte Knut.
»Wer einschläft, stirbt!«, sagte er noch mal.
Aber diesmal zuckten sie nicht zusammen. Sie saßen dicht beieinander. Rieben und massierten sich.
Diesmal hat er nur sich selber erschreckt. Er fühlte sich alleine und hatte Angst. Er war sich nicht sicher, ob die zwei wach blieben. Auch das machte ihm Angst.

Solange ich Angst habe, schlafe ich nicht ein, versuchte er sich zu trösten. Ab und zu schubste er die andern an und bekam ärgerliche Grunzlaute und Rempler zur Antwort.

»Warum redet ihr nicht?«, fragte er.

»Ach ja«, antwortete Tine langsam.

»Du redest doch selbst ununterbrochen«, murmelte Leif.

30

Wenn Knut Angst hatte und sich alleine fühlte, dachte er an sein Versteck. Er war seit dem letzten Sommer nicht mehr dort gewesen. Aber er sah es deutlich vor sich. Oben in der Felsspalte und verborgen vor den Häusern des Dorfes. Dort standen einige Bäume, unter denen man sich verkriechen konnte, wenn man Angst hatte und allein war. Ein unscheinbares Gestrüpp. Aber drinnen war es wie in einer Höhle, in der man bleiben konnte.

Jetzt war er in seiner Höhle. Er konnte gut allein zurechtkommen. In dem Blätterdach über ihm rauschte es: Hier bist du sicher. Hier findet dich keiner. Hier sieht niemand, wenn du weinst. Hier kannst du dich schlafen legen, bis alles vorüber ist. Schlafen?

»Nein, ich darf nicht schlafen«, murmelte er. »Darf nicht träumen.«

»Träume ich?« Er zwinkerte, wollte aufstehen.

»Ich bin nur der Wind«, rauschte es. »Hast du Angst vor dem Wind?«

»Ich habe keine Angst«, sagte Knut. »Jetzt nicht mehr. Es hilft, an meine Höhle zu denken.«

Sein Kopf fiel nach vorne, aber diesmal erwachte er nicht.

Hier ist es gemütlich, dachte er. Er hörte, dass sie nach ihm riefen. »Ja«, antwortete er leise, damit sie ihn nicht finden würden.

»Ich schlafe nicht«, sagte er. »Ich will nur diese Bäume zeichnen.«

»Knut«, hörte er von weit her rufen. Das waren Tine und Leif. Pah, die beiden kommen gut allein zurande.

»Ja«, antwortete er leise, damit sie den Mund hielten. Knut hatte diese Bäume schon einmal gezeichnet. Bäume, die sich ducken und davonkriechen. Weg von den andern. Bäume mit tief hängenden Ästen. Jeder konnte sehen, wie traurig sie waren. Bäume, die sich streckten. Die sich dem Wind entgegenstellten und rauschten. Die einen trösteten, wenn man darunter stand. Die ihm zuflüsterten: Hier bist du sicher. Hier brauchst du keine Angst haben. Siehst du nicht, dass die Bäume sich erheben? Alle tun es. Mach du es auch.

Seine Höhle war größer geworden. Er konnte sich darin erheben und weiter hineingehen.

»Warum wird es so dunkel?«, wollte Knut wissen.

»Weil du tiefer in die Höhle hineinkommst.«

»Wer bist du?«, fragte Knut.

»Weißt du doch. Der Vogel, den du aufgeschreckt hast.«

»Ich habe noch nie gehört, dass ein Vogel reden kann.«

»Du hast mich übrigens geweckt«, sagte der Vogel.
»Bist du erschrocken?«, erkundigte sich Knut.
»Du bist selber erschrocken«, sagte der Vogel.
Knut stockte.
»Wahrscheinlich träume ich«, sagte er ängstlich.
»Träumen«, lachte der Vogel. »Bist du nicht hier im Gestrüpp um Zweige für das Feuer zu sammeln?«
»Kann sein«, antwortete Knut. »Das hätte ich beinahe vergessen. Ich muss auf das Feuer aufpassen, weißt du. Einen Augenblick lang dachte ich, dass ich daheim sei, dass ich in meiner Höhle sei.«
»Hier auf der Insel ist es gar nicht so schlimm, wie du denkst«, ertönte die Stimme des Vogels aus der Dunkelheit.
»Ich darf nicht einschlafen, weißt du«, sagte Knut. »Sonst werde ich nie mehr wach. Sonst erfriere ich.«
»Komm hierher, hier ist es hell und warm«, sagte die Stimme. »Warum stehst du in der Dunkelheit und frierst? Weiter drinnen wird es wärmer.«

Auf einmal sah Knut Licht zwischen den Bäumen.
»Komm her.« Die Stimme lachte. »Ich bin hier. Siehst du mich nicht? Hinter den Bäumen. Die Insel ist größer, als du meinst.«
Knut ging. Vorsichtig.
»Bin ich denn wach?«, fragte er.
Die Stimme lachte freundlich. »Genauso wach wie ich«, antwortete sie.

31

Knut stand draußen im Licht. Wie schön alles war. Grünes Frühlingsgras und ein Blumenmeer. Er hatte solche Blumen noch nie gesehen. Blumen in solchen Farben.

»Solche Blumen und solche Farben gibt es nicht«, sagte Knut.

»Doch, hier auf der Insel schon«, ertönte die Stimme im Gras. »Genauso wie es mich gibt.«

Knut blinzelte. Da erhob sich eine Gestalt aus dem Gras. Knut schien die Sonne in die Augen und er sah zuerst nur einen Schatten.

»Bist du es, mit dem ich die ganze Zeit rede?«, fragte Knut.

»Kann sein«, antwortete die Gestalt.

»Vögel können ja nicht sprechen«, sagte Knut.

»Da hast du Recht«, lachte der Junge und kam auf ihn zu. Er war etwa in Knuts Alter.

»Schön, dass du gekommen bist.« Der Junge streckte sich. Er schien gerade aufgewacht zu sein. »Ich lag im Gras und habe geschlafen«, sagte er. »Nett, dass du mich geweckt hast. Ich habe keine Ahnung, wie lange ich eigentlich geschlafen habe.«

»Ich wusste gar nicht, dass hier jemand wohnt«, sagte Knut.

»Ich auch nicht«, antwortete der Junge.

»Und dass bald der Sommer kommt«, sagte Knut.

»Ist das nicht herrlich«, meinte der Junge.

»Wir wollen uns die Insel näher anschauen«, schlug

der Junge vor. »Du und ich, wir mögen doch gerne auf Entdeckungsreise gehen.«

»Wir kommen alleine am besten zurecht. Und können gut Bäume zeichnen. Komm, ich werde dir etwas zeigen, was du noch nie gesehen hast.« Der Junge ging voran. Knut folgte ihm. Was hätte ich sonst tun sollen, dachte er.

»Was ist das für ein Berg?«, fragte Knut verwundert. »Müssen wir da hinüber?«

»Nein, gleich hier drüben geht es hinunter. Siehst du?« Der Junge ging voraus und spähte nach unten.

»Ich fürchte mich vor solchen Abgründen«, sagte Knut. »Die reichen bis in die schwarzen Meerestiefen.«

Knut warf vorsichtig einen Blick in die Tiefe. Was war das? Nirgends dunkle Schlünde, in denen Meeresströmungen gurgelten. Ihm war nicht mehr schwindlig. Der Junge hatte Recht. Das war kein Abgrund. Und keine unheimliche Schlucht. Unter ihnen breitete sich ein schönes, grünes Tal aus. Die Abhänge waren überhaupt nicht steil. Unten im Tal lag ein wunderbarer blauer See. Die Sonne blitzte und glitzerte darin.

»Ist es hier immer so schön?«, fragte Knut.

»Gewiss«, antwortete der Junge. Dann fasste er sich an den Kopf. »So genau weiß ich es nicht. Es ist lange her, dass Menschen auf die Insel gekommen sind. Ich glaube, es ist nur so, wenn jemand hierher kommt.«

Sie gingen auf einem Pfad hinunter in das Tal und zu dem See.

»Ich habe das Gefühl, es werde dunkler«, sagte Knut.

»Weil wir abwärts gehen, weißt du«, erklärte der Junge.

»Irgendwie scheint sich alles zu verändern. Du auch«, sagte Knut. »Du kommst mir bekannt vor. Ich habe dich schon einmal gesehen.«

»Ich will dort hinunter.« Der Junge zeigte auf den See im Talgrund. »Von dort bin ich gekommen... glaube ich«, fügte er hinzu.

»Weißt du nicht, woher du gekommen bist?« Knut fürchtete sich. Er ging langsamer. Das Licht war plötzlich so seltsam. Die Schatten wuchsen. Wurden länger und länger. Die merkwürdigen Vögel, die über ihnen flogen, sangen nicht mehr.

»Ich kehre um«, sagte Knut.

Der Junge blieb stehen, wandte ihm langsam sein Gesicht zu.

In dem Moment erkannte ihn Knut. Vor ihm stand Gunnar, der vor zwei Jahren ertrunken war. »Wie bist du denn hierher gekommen?«, fragte er erschrocken.

»Weiß ich nicht«, antwortete der Junge. »Gunnar, sagst du. War das nicht einer, der gerne grübelte? Und gut zeichnen konnte? Ach so, ich soll das sein? Bist du sicher, dass nicht du es bist?«, fragte der Junge. »Ja, es war jedenfalls nett, mit dir denselben Weg zu gehen.«

»Ich ertrinke doch nicht«, sagte Knut. Der Junge zuckte mit den Schultern.

»Du wirst vermutlich den Rückweg nicht finden. In der Dämmerung verschwinden die Farben.«

»Kommt nie wieder ein heller Morgen?«, fragte Knut ängstlich.

»Wer weiß«, antwortete der Junge. »Ich muss machen, dass ich hinunterkomme.«

Er deutete ins Tal. Dort war es bereits dämmrig.

»Verschwindest du auch?«, fragte Knut.

»Oh ja, das werde ich tun«, antwortete der Junge und ging.

»Ich will nicht in der Dunkelheit verschwinden!«, rief Knut.

Der Junge wendete sich ab und deutete zu dem See. Im See spiegelte sich die Sonne wie ein kalter, grüner Mond.

Knut lief. Nach oben. Das Licht auf der Seeoberfläche wurde schwächer und schwächer.

»Ich werde zurückfinden!«, rief er.

Seine Stimme hallte gellend zwischen den Bergwänden wider. Hinter sich hörte er es sausen und brausen und zischen. Er warf einen Blick zurück und sah, dass das Wasser im Tal anstieg. Es stieg und stieg und er rannte und stolperte aufwärts. Das grüne, fruchtbare Tal war weg. All die herrlichen Farben waren weg. Um ihn nur Schatten und Felswände. Nicht eine Blume, nicht ein Baum. Kein Zeichen von Leben. Außer ihm. Und es wurde ständig dunkler.

»Ich will nicht verschwinden!«, schrie er.

Knut kletterte über kahle Felsen. Stolperte und stürzte, wimmerte. Schlug mit dem Kopf gegen einen Stein. Ein stechender Schmerz schoss in seine Hand und hinauf in den Arm. Da lag er. Knut versuchte vorsichtig die Augen zu öffnen. Er erwartete den Anblick des schäumenden Meeres. Aus dem einige nackte Klippen ragten. Jetzt ist alles zu spät, dachte er und machte die Augen weiter auf.

Da sah er vor sich ein Leuchten und Glühen.

Schwarze, verkrüppelte Bäume tanzten vor dem roten Licht.

Das Gebüsch!, fiel ihm ein. Ich habe den Weg zurückgefunden! Er wollte aufstehen, aber es gelang ihm nicht. Er versuchte zu kriechen, aber der Schmerz stach im Arm.

Ich muss dorthin! Muss.

Knut machte die Augen ganz auf. Da war etwas Helles. Äste und Büsche bewegten sich hin und her. Was war das? Knut begriff nicht, was er sah. Sie suchten sicher nach ihm. Ja, wollte er rufen, aber seine Stimme versagte. Hierher! Er hob die Hand gegen das Helle, damit sie ihn sehen würden. Hielt sie nach oben gestreckt, trotz des Schmerzes.

Langsam sah Knut, was passiert war. Allmählich verstand er. Er lag am Boden und blickte in die glühenden Reste des Feuers. Darüber lagen schwarze Zweige. Knut zog die Hand zurück. Versuchte aufzustehen. Er war verwirrt, wurde nur langsam wach. »Tine!«, rief er.

»Leif!« Niemand antwortete. Unter dem Kahn war es still und dunkel.

»Wo seid ihr?«, rief er und kam auf die Knie.

Der Wind brauste und Schneekörner prasselten gegen den Bootsrumpf.

32

Knut tastete nach den andern. Er erwachte zunehmend. Die Augen gewöhnten sich an das Dunkel.

Da saßen sie. Eng beisammen wie ein Klumpen. Knut sah zwei bleiche Gesichter. Er fasste behutsam Leifs Wange an.

»Macht die Augen auf!«, schrie er. »Sagt etwas! Wollt ihr mich hier alleine sitzen lassen?«

»Tine!«, rief er und schüttelte sie.

»Lass mich in Ruhe«, erwiderte sie verschlafen. Sie öffnete die Augen und schaute ihn ausdruckslos an.

»Tine! Siehst du mich nicht?«, rief Knut. »Du darfst nicht schlafen! Du darfst nicht weggehen!«

»Weggehen«, kam es träg von Tine. »Ich sitze doch hier!«

Es tat gut, ihre Stimme zu hören. Es tat gut, zu sehen, dass sie sich bewegte. Aber der Schrecken saß in ihm. Er schrie und tobte und rempelte Leif an.

»Geschlafen? Ich?« Leifs Stimme klang heiser. »Nein, ich hab nicht geschlafen. Nur ein bisschen gedöst. Ist doch Nacht.«

Leif wollte nach ihm schlagen. Knut beachtete ihn nicht.

»Auf diese Weise erfrierst du!«, rief er. »Du sitzt da mit offenen Augen, fängst an zu träumen und dann wachst du nie mehr auf!«

»Ich schlafe nicht. Nicht richtig«, sagte Leif. Sie saßen nahe bei dem kleinen Feuerchen.

»Wir haben einander gegenseitig gewärmt«, sagte Tine.

»Und ich?«, fragte Knut. »Warum vergesst ihr mich? Ich bin eingeschlafen. Ich wäre fast erfroren. Hätte ich mir nicht die Hand verbrannt, ich wäre nicht mehr aufgewacht.« Knut graute es noch immer.

»Du hast rumgemacht und gequatscht und geredet«, sagte Leif mit seiner neuen, heiseren Stimme. »Wenn du erfroren wärst, wärst du still dagesessen.«

Leif drückte sich an Tine und fuhr fort: »Ich habe dich übrigens ein paar Mal geschubst.«

»Ich habe geschlafen. Der Frühling ist gekommen«, sagte Knut.

»Du träumst wie üblich mit offenen Augen«, sagte Leif. »Ist nicht gerade einfach mit dir.«

Knut hörte die verschlafenen Stimmen. Er sah die weißen Gesichter in der Dunkelheit. Er war nicht überzeugt. Er war nicht sicher, ob sie nicht doch geschlafen hatten.

Wie entsetzlich kalt es war. Knut fror jämmerlich. Die Brandwunde an der Hand war nicht das Schlimmste. Er zitterte am ganzen Körper. Es brannte und juckte in seinen Händen und Füßen, als er daran ging, das Feuer in Ordnung zu bringen. Du hast mich schließlich gerettet, dachte Knut. Er redete mit dem Feuer, als sei es ein lebendiges Wesen.

»Jetzt wird das Feuerchen gefüttert«, murmelte er zitternd vor sich hin. So redete sein Vater jeweils mit dem Ofen.

»Du hast mir den Weg gezeigt, du allein«, flüsterte er.

Die kleinen, hellen Flammen waren wie lebendige Wesen. Sie knisterten und knackten und gingen auf die Zweige los. Und schufen eine verräucherte, flackernde Höhle in der Schwärze der Nacht. Ein Windhauch konnte die Flammen ausblasen. Aber sie waren da. Bis jetzt.

»Warum wirst du nicht größer?« Knut redete mit dem Feuer.

»Du kannst gerne das ganze Gebüsch verspeisen, wenn du willst. Und das Boot«, fügte er hinzu, als die Flammen ein bisschen loderten. Er betrachtete den Ruß und die angesengte Farbe der Bootswand.

»Ich möchte, dass du eine große Antwort wirst, verstehst du. Ein riesiges Feuer.«

Knut schob die brennenden Zweige näher zu den Bootsplanken. »Da«, sagte er, »bedien dich.«

Wie still es geworden war. Knut drehte sich um. Die zwei saßen mit geschlossenen Augen da.

»Hoi!«, rief er. Tine sah ihn mit ihrem verschleierten Blick an. Leif öffnete langsam die Augen.

»Ist ja gar nicht mehr kalt.« Er lächelte. Dabei schaute er Knut nicht an. Er schaute durch ihn hindurch. Knut merkte es mit Schrecken.

»Ich glaube, ihr schlaft schon wieder ein!«, schrie er verzweifelt. »Ihr seid überhaupt nicht wach! Ich seh es euch an!«

Vielleicht bin auch ich nicht richtig wach, dachte er voller Angst. Wenn wir sitzen bleiben, fangen wir mit offenen Augen zu träumen an. Und dann schlafen wir ein. Und dann . . .

»Ihr nickt ein!«, schrie er. »Wir müssen uns bewegen! Wir müssen raus!«

Sie wollten nicht. Sie schienen sich schwer zu machen. Wie jemand, den man mit nassen Kleidern aus dem Wasser zieht.

»Los, aufstehen!«

Leif schubste Knut weg. »Mir geht's gut.«

Es klang, als hätte er eine zu große Zunge. Undeutlich und seltsam. Das ängstigte Knut.

»Nehmt euch zusammen!«, brüllte er. Er versuchte erneut sie hochzuzerren.

»Ihr ertrinkt!«, rief er.

»Ertrinken?«, lallte Leif. »So ein Idiot verdient Prügel.«

Leif beugte sich zurück und schlug nach ihm. Dann kam Tine. Mischte sich ein. Bald waren die drei ein Knäuel aus fuchtelnden Armen und Beinen.

Knut lag auf dem Rücken und japste. Sie hatten ihn umgeschmissen. Gerade wollte er sich auf sie stürzen, da sah er etwas. Er blieb liegen. Die Glut des Feuers glitzerte wie Sterne auf dem Bootskiel über ihm. Und nicht nur das. Zwischen den stiebenden Funken leuchtete es glutrot. Immer tiefer fraß sich die Glut in die Planken über seinem Kopf. Knut holte tief Atem. Aber er sagte nichts. Er blieb auf dem Rücken liegen. Er glaubte es selbst nicht ganz. Ungläubig stemmte er sich hoch.

»Das Boot«, sagte er. »Das Boot... das Boot brennt!«

33

Jetzt krochen sie ins Freie. Jetzt wurden sie wach. Ungläubig beobachteten sie die Flammen, die über die Bootsplanken züngelten. Sie spürten die Wärme. Zugleich wurden sie von heftigen Kälteschauern geschüttelt. Das Schütteln wollte nicht mehr aufhören. Es brannte und schmerzte in Armen und Beinen. Ein Windstoß ließ das Feuer auflodern. Es griff über auf ein paar trockene Äste und Blätter über dem Boot.

»Der Frühling!«, rief Knut aus. »Der Frühling!« Und jetzt hielt er es nicht länger aus, still dazustehen. Vor allem, weil er fror und zitterte. Es war genau wie vor ein paar Stunden, als sie sich auf die Insel gerettet hatten. Da hatte ihm das Tanzen geholfen. Er musste es tun, konnte nicht anders. Er spürte, wie er einen seltsamen, murmelnden Frühlingstanz tanzte. Die Zähne klapperten und tief aus ihm drang ein immer stärker werdender Laut: »Uuuaauuuuaaaa!«

Tine stützte Leif. Die beiden torkelten hin und her. Fielen und rappelten sich hoch. Knut bemerkte nur zu deutlich, wie schwach die beiden waren. Besonders Leif. Sobald Tine ihn losließ, sackte er zusammen und wollte sich hinsetzen.

Knut fasste mit an. Zu zweit stützten sie Leif. Er war schwer. Dauernd knickte er ein, wollte sich hinlegen. Wollte in Ruhe gelassen werden. Jedes Mal, wenn sie dachten, er würde es schaffen, ohne ihre Hilfe, sackte er zusammen. Taumelte, stolperte und fiel. Allmählich wurde es besser.

Während sie tanzten, blieben sie nah beim Feuer. So

nah, dass es auf der Haut brannte, sobald sie mit Tanzen aussetzten. Sie konnten nicht genug kriegen von dieser Wärme. Dann standen sie eine Weile zitternd da bis zur nächsten Tanzrunde. Manchmal fielen sie vom Feuer geblendet um und kamen erst abseits des Feuerscheins wieder auf die Beine.

34

Knut beobachtete aufmerksam die Flammen. Sah, wie sie um den Kahn loderten und auf die Zweige des Gebüsches übergriffen. Vielleicht sieht uns jetzt jemand, dachte er. Aber alles blieb still. Es war noch dunkel und es schneite. Er blieb lauschend stehen und schaute in die Nacht. Als sich die Augen an die Dunkelheit gewöhnt hatten, meinte er etwas zu sehen. Und je länger er starrte, desto deutlicher sah er es. Er konnte die Konturen ihres Inselberges erkennen! Ganz deutlich. Der Morgen kommt! Das Licht! Ich sehe es!

Knut fing wieder an zu tanzen. Auch jetzt musste er es einfach tun. Er rief laut und erhob seine Stimme gegen die Dunkelheit.

Voller Freude und Übermut hopste er herum. Es wurde leichter, die Kälte zu ertragen. Das Feuer breitete sich aus.

In Knut stiegen schöne Bilder auf. Die warme, helle Wohnstube daheim. Warmer Kakao. Selbst gebackenes Brot mit Käse. Er spürte den Geruch. Das Wasser lief ihm im Mund zusammen. Der Magen fing an zu knurren.

Knut versuchte an etwas anderes zu denken. Aber das Bild war so deutlich. Er meinte dort zu sein. Er sah die blau geblümte Wachsdecke. Die Mutter, die ihm zulächelte. Ein gutes Lächeln für einen durchfrorenen und halb verhungerten Buben.

Träume ich wieder?, durchfuhr es ihn. Er rieb sich die Augen und stampfte mit den Füßen. Ich *bin* wach! Ich *bin* wach!, redete er auf sich ein. Ich sehne mich nur nach Hause.

Aber die Bilder wollten nicht weggehen. Er brauchte nur ins Feuer zu schauen und sie waren da.

Papa kam zur Tür herein. Er hatte ein ernstes, aber frohes Gesicht.

»Jetzt werde ich es schaffen«, sagte der Vater. »Lange hatte es hoffnungslos ausgesehen. Wäre ich nicht hartnäckig, ich hätte sicher aufgegeben.« Das sagte er oft, wenn er an einem neuen Bild malte. »Jetzt werde ich den Rest auch noch schaffen«, sagte er und schaute Knut an.

Ich werde es auch schaffen, dachte Knut.

Leif und Tine waren wieder eng zusammengekrochen. Der Schein des Feuers fiel auf sie. Und auf die wirbelnden Schneeflocken. Sie saßen wie mitten im Licht.

Was fantasiere ich da?, dachte Knut. Die beiden erinnerten ihn an etwas. An ein Bild, das Papa gemalt hatte. Warum fiel ihm dieses Bild gerade jetzt ein? Ganz deutlich stand es vor ihm. Ein Bild von einem Jungen und einem Mädchen. Zwischen ihnen wuchsen

Blumen. Und um die beiden war ein schimmerndes Licht. In dem die beiden saßen. Sie teilten etwas. Etwas, von dem nur sie wussten. Das sah man ihren Augen an. Und den Blumen, die darin glänzten. Frühlingslicht hieß das Bild.

Knut sah Leif und Tine auf einmal mit neuen Augen. Er hatte es nicht gemerkt. Dass da auch ein Frühling war. Zwischen ihnen. Dieser Gedanke stimmte ihn versöhnlich. Ich glaube, jetzt verstehe ich die zwei besser, sagte er zu sich. Er fror, aber das Gefühl von Frühling und Versöhnlichkeit tat gut.

35

Das Feuer war kleiner geworden. Es wärmte nur noch schwach.

Die Sträucher brannten nicht an. Nur der eine oder andere abgestorbene Ast glühte in der Dunkelheit. Es schneite unverändert und der Wind hatte zugenommen.

Knut war zu den andern zwei gekrochen. Sie schienen ihn besser zu wärmen, seitdem er das Bild seines Vaters so klar vor sich gesehen hatte. Ab und zu standen sie auf um nicht einzuschlafen. Leif kam nur mühsam hoch. Knut hatte den Eindruck, dass er unsicher ging. Auch Tine war am Ende ihrer Kräfte. Bald plumpsten sie zurück auf ihren Platz am Feuer.

Sie bewegen sich so schwerfällig, dachte Knut beunruhigt. Sie reden immer langsamer. Er grübelte, was der Grund sein konnte. Warum war er nicht so erschöpft? Er betrachtete forschend Leifs müdes und bleiches Gesicht. Er betrachtete Tine. Ausgeschlossen, dass nur ich eingeschlafen bin, dachte Knut. Ihr habt *auch* geschlafen. Und vermutlich tiefer als ich. Ich kann gar nicht so tief geschlafen haben. Sonst wäre ich schwächer.

Die Bilder aus seinem Traum kamen in ihm hoch. Und wenn ich nicht zurückgefunden hätte? Bei dem Gedanken zog sich alles in ihm zusammen. Was wäre passiert, wenn ich das Licht nicht gefunden hätte, das Feuer im Gebüsch? Hätte ich fester geschlafen, wenn ich nicht mit der Hand ins Feuer geraten wäre? Wäre ich in der Dunkelheit verschwunden?

Das schoss Knut durch den Kopf und er erschrak. Dann wäre ich nie mehr aufgewacht. Er sah vor sich den grünen Mond auf dem Talsee. Und das schwarze Wasser, das ihm nachstieg, und die Dunkelheit.

Ich darf nicht mehr einschlafen! Auf keinen Fall!, nahm er sich vor.

Knut stapfte hinaus ins Schneegestöber. War es nicht heller geworden? Doch, er sah den Inselberg und den Schnee wie ein Muster vor sich. So hell war es nicht mehr gewesen, seit sie die Insel betreten hatten.

Er hatte das Gefühl, die Angst in ihm ließe ein wenig nach. Oder hatte er sich an sie gewöhnt? Wie an das schmerzhafte Magenknurren?

Knut ging weiter durch den Schnee. Wollte den Berg in Angriff nehmen. Von dort oben würde er mehr sehen. Er kletterte los. Plötzlich riss es ihm die

Beine weg. Er rutschte ein Stück hinunter. Schrie kurz auf. Schluchzend landete er in einer Schneewehe. Da saß er und für einen Augenblick wurde ihm schwarz vor Augen.

Bin ich schon so schwach wie die anderen?, dachte er. Habe ich es nur nicht gemerkt?

Er rappelte sich auf. Pah!, Eis unterm Schnee. Du hast Kraft genug! Los geht's!, feuerte er sich an. So ein winziger Hügel will dich abwerfen? Das wollen wir doch mal sehen!

Knut nahm einen neuen Anlauf. Jetzt ging es leichter. Er achtete auf Absätze und Tritte und ging dort, wo es am flachsten war.

So ein kleiner Hügel, dachte er. Und daran soll ich scheitern?

Er kam hinauf zur höchsten Stelle. Schnaufend richtete er sich auf und blickte sich um. Er kniff die Augen zusammen. Da erkannte er die Bucht, in die sie hineingetrieben waren. Eigentlich müsste sie in Richtung Land zeigen.

Knut blieb stehen. Vor seinen Augen verschwamm alles. Er konnte gerade noch das Feuer unten beim Gebüsch erkennen. Er setzte sich hin. Ich *bin* offenbar ziemlich müde, dachte er.

In dem Moment blitzte ein Licht auf. Es war nicht groß. Und gleich wieder weg. Da war es wieder. Er stand auf. Er sah Licht! Ein Licht, das flimmerte und nicht verlöschte. Knut lächelte. Er zwinkerte dem Licht vergnügt zu, das in Kälte und Gefahr wie ein Signal war: Hier sind Menschen und hier ist Wärme, zwinkerte es.

Knut rief laut. Er schwenkte die Arme. Er wagte es nicht, das Licht aus den Augen zu lassen. Wagte es nicht, hinunter zu den andern zu gehen.

»Kommt herauf!«, rief er. »Ein Licht! Ich sehe ein Licht! Sie suchen nach uns!«

36

Tine kam mühsam atmend heraufgeklettert. »Wo?«, keuchte sie schon von weitem. Knut deutete hinein in Schneetreiben und Morgendämmerung.

»Da«, rief er. Starr blickte er hinüber, wagte es nicht, sich abzuwenden. »Siehst du es?«

Und da zwinkerte das Licht auch Tine zu.

Während Knut dem torkelnden Leif half heraufzukommen, achtete Tine auf das Licht. Knut und Leif rutschten andauernd aus, aber Knut merkte, dass er neue Kräfte hatte. Er stützte und schob und zog. Trotzdem wunderte er sich, wie schwach Leif war. Aber er dachte: Du wirst sehen. Sie suchen nach uns. Sie leuchten. Sie sind vielleicht sogar näher gekommen.

Die Kinder starrten, bis ihnen die Augen tränten. Sie lachten und weinten, bis das Licht zerfloss. Kam das Licht von einem Schiff? Nein, es wurde nicht größer. Aber es wurde auch nicht kleiner. Der Wind hatte erneut zugenommen. Ein eisiger Wind. Tine und Leif stellten sich zusammen, eng zusammen. Zuerst spähten sie stehend in die Dämmerung, dann setzten sie sich. Das Licht veränderte sich nicht. Aber es wurde kälter.

Knut beobachtete die bleichen Gesichter von Tine und Leif.

»Das Feuer«, sagte er. »Jemand muss auf das Feuer aufpassen. Bald wird es Tag. Wir können nicht hier oben sitzen bleiben und erfrieren.«

Sie hörten nicht auf ihn. Saßen nur da und schauten unverwandt auf das Licht.

»Wir gehen alle gemeinsam hinunter!«, bestimmte Knut. »Wir können das Licht sicher auch vom Strand aus sehen. Ihr könnt auf das Feuer aufpassen und ich passe auf das Licht auf.«

Das Feuer war kleiner geworden. Aber das machte nicht viel aus, sie wussten: Dort drüben waren Menschen. Und gleich würde es Tag. Sie standen auf dem steinigen Strand und schauten mit zusammengekniffenen Augen hinüber. Und da war das Licht wieder. Sie meinten auch den Umriss eines Berges zu erkennen. Aber lange konnten sie nicht stehen bleiben. Leif wollte sich dauernd hinsetzen und es war anstrengend, ihn jedes Mal hochzuziehen.

Sie kehrten zu ihrem bescheidenen Feuerchen zurück. Es wärmte nicht mehr sonderlich, aber hier saßen sie geschützter.

Langsam wurde es heller. Die Nacht sank zurück ins Meer.

Knut hatte sich so gesetzt, dass er das blinkende

Licht im Auge behielt. Dieser Anblick tat gut. Wärmte. Manchmal vergaß er, wo er war. Dann hatte er den Eindruck, er sähe ein kleines Feuer, das im Schneetreiben flackerte.

Knut fror stark. Ihm war klar, dass er nicht zu lange still sitzen durfte. Er wagte sich bis fast hinunter an den Rand des Eises. Er stand auf dem Ufergeröll und hörte, wie das Meer gurgelte und schmatzte.

Er hielt Ausschau nach dem Schlitten. Zwischen Strand und Eis hatte sich eine große Wasserrinne gebildet. So sehr er sich anstrengte, den Schlitten sah er nicht, der war weg!

Er beobachtete die Eisschollen weiter draußen. Sie drehten sich. Trieben sie gegen das offene Meer? War der Schlitten dorthin getrieben?

Knut ging auf den rutschigen Steinen hinüber zur anderen Seite der Insel. Er spähte in das graue Morgenlicht. Hörte, wie die Eisschollen an den Felsen scharrten. Von hier aus war es deutlich zu erkennen: Sie trieben landeinwärts! Der Wind hatte gedreht!

Konnte er sich darauf verlassen? Das, was er dort drüben sah, hätte eine Insel sein können. In diesem Augenblick hellte sich das Schneetreiben etwas auf und er hatte den Eindruck, in dem schwachen Dämmerlicht einen langen, gebirgigen Küstenstreifen zu sehen. Es gab keinen Zweifel: Das Eis trieb landeinwärts.

37

Tine und Leif saßen bei den kümmerlichen Resten des Feuers. Der halbe Kahn war verbrannt. Die andere Hälfte glomm und rauchte nur noch.

»Der Wind hat gedreht!«, rief Knut.

Sie antworteten nicht.

»Das Eis treibt landeinwärts! He!«, rief er, »ihr wollt wohl hocken bleiben und warten, bis es Sommer wird!«

Die beiden hatten schutzlos im Schnee gesessen und sahen aus wie ein großer, verschneiter Stein. Jetzt bewegte sich der Stein. Tine hob den Kopf.

»Und was soll uns das nützen?«, fragte sie.

Was uns das nützen soll? Knut blieb stehen. Er dachte an die breiten Wasserrinnen, die er zwischen den Eisschollen gesehen hatte.

Das Herumstapfen im Schnee wurde mühsamer und mühsamer. Knut rutschte immer öfter aus. Unter dem Schnee war Eis. Felsen und Steine waren glatt. Sie sahen aus wie zusammengekauerte Menschen mit hohen Schneehüten. Oder wie unter der Last des Schnees gebückte Wesen. Er unterschied Menschen und Tiere. Riesige und winzige. Solange er sie anschaute, blieben sie ruhig stehen. Aber hinter seinem Rücken konnten sie sich blitzschnell erheben und ihn umstoßen. Wenn er sich nicht in Acht nahm, bewegten sie sich unter seinen Füßen. Hatte er das Gefühl.

Knut musste lachen. So war er nun mal. Ich sehe manchmal komische Dinge, aber geht das nicht ein bisschen zu weit? Und diese elenden Beine sind so schwer. Das ist kein Grund zum Lachen, rügte er sich. Nimm dich jetzt zusammen, damit du nicht hinfällst und bei diesen Steinwesen liegen bleibst!

Er spürte, wie es half, sich zurechtzuweisen. Er hüpfte auf der Stelle und schlug nach den Flocken. Jedes Mal, wenn das Schneetreiben nachließ, konnte er das Licht an Land erkennen. Aber es geschah nichts!

38

Es war vollkommen still. Und heller wurde es auch nicht. Will der Tag nicht kommen?, dachte er. Nein, das hängt mit dem Schnee zusammen. Ich gebe nicht auf! Gebe nicht auf, schwor er sich.

Es musste bald etwas geschehen. Warum hörte es nicht endlich zu schneien auf! Warum wurde es nicht schneller hell!

Es wurde höchste Zeit. Besonders wegen Leif. Wie erschöpft er aussah. Er wollte kaum mehr aufstehen. Knut warf einen Blick auf Tine und Leif. Den beiden war nicht zu helfen. Sie saßen zusammengeklumpt und bewegungslos da.

»Wir müssen hier weg!«, rief Knut.

Sie antworteten nicht.

»Ihr werdet noch zusammenfrieren. Und am Boden festfrieren«, sagte er.

Sie winkten ihm zu.

Knut drehte sich um und blickte über das Wasser. Drüben zwinkerte ihm das gelbe Licht zu. Komm schon, sagte es. Komm schon. Ist doch nur ein kurzes Stück, zwinkerte es. Komm schon. Komm herüber, blinkte es. Das Eis liegt dick und weiß bis hierher. Bis hierher, blinkte es noch mal.

Knut wollte einen Stein hochheben und auf das Eis schleudern um zu prüfen, ob es hielt. Er packte einen Brocken und zerrte und zog. Aber der Stein ruckte nicht.

Bin ich so schwach?, dachte er. »Nein, du bist festgefroren«, sagte er zum Stein und fasste erneut an.

»Jetzt bist du dran«, keuchte er. Knut zog und rüttelte an dem Stein. Einmal wackelte er ein bisschen, im nächsten Moment saß er wieder unverrückbar.

Ich komme mir vor, als würde ich versuchen die ganze Insel hochzuheben!, dachte er zornig.

»Ich gebe nicht auf!«, sagte er laut.

Er kämpfte mit dem Stein. Immer wieder fiel Knut hintenüber. Schließlich blieb er auf dem Rücken liegen. Atmete ein paar Sekunden durch um zu Kräften zu kommen.

Knut schloss die Augen. Als er sie öffnete, erschrak er. Da saß eine große, weiße Möwe und starrte ihn an. Sie stand auf einem Bein auf einem Felsklotz und hatte den Kopf schräg gelegt. Sie schien keine Angst zu haben.

Warum wagt sie sich so nahe heran?, dachte er verwirrt. Ich habe mich ja nur einen Augenblick ausgeruht.

Er stützte sich mühsam auf. Habe ich geschlafen? Der Vogel flog auf.

Bin ich doch länger dagelegen?

Die Zeit verging hier draußen schubweise, wurde ihm klar.

Er packte den Stein. Ruckte daran. Der Stein löste sich. Knut hob ihn hoch. Offenbar hatte er ihn losgerissen, als er auf den Rücken gefallen war. Von alleine hatte der Stein sicher nicht nachgegeben.

Hier ist alles seltsam. Wie in einem Traum. Aber ich bin wach. Wach! Ich träume doch nicht? Er stapfte eine Runde und beobachtete sich dabei.

Da landete der Vogel wieder. Diesmal nicht so nah. Das Tier legte die Flügel zusammen und drehte sich ihm zu. Legte den Kopf schräg, als wolle es fragen: »Was bist du für einer? Was machst du hier draußen?«

»Du hast Flügel«, sagte Knut. »Du bist frei.« Er nahm den Stein und trug ihn hinüber zum Eis. Er wollte ihn werfen, aber der Stein fiel nur gerade vor seine Füße. Doch dann rollte er weiter und landete mit einem Hüpfer auf dem Eis.

Da blieb er liegen. Die Eisscholle hatte keinen Riss bekommen. Sie trieb langsam davon. Landeinwärts. Zum Licht, dachte er. Zur Wärme. Er stand da und schaute ihr sehnsüchtig nach.

Das Licht ist gar nicht weit weg, überlegte Knut. Ab und zu konnte er drüben einen Berg erkennen. Das Eis ballt sich zusammen, dachte er.

Der Vogel erhob sich in die Luft. Kreiste wie schwerelos über ihm. Als wolle er Knut etwas zeigen. So fliegt man. Du musst dich nur trauen. Du darfst nicht aufgeben.

»Ich gebe nicht auf«, sagte Knut laut. Aber er war unschlüssig. Die Eisschollen lagen wie große Flügel vor ihm.

Er rieb sich die Augen. Schlafe ich schon wieder mit offenen Augen?, dachte er erschrocken. Nein, sie sehen wirklich aus wie große, weiße Flügel, beruhigte er sich. Große, weiße Flügel über den ganzen Fjord ausgebreitet bis zu dem Licht zwischen den Bergen.

»Tine!«, rief er. »Tine!« Tine stand auf und trat zu Knut. Sie standen nebeneinander und blickten auf das Eis.

»Sieht dick aus«, sagte Tine.

»Der große Stein wird bald drüben sein«, meinte Knut. »Das Eis trägt uns. Und es wird höchste Zeit. Wir schlafen alle drei bald ein«, fuhr Knut fort, »wenn wir es nicht wagen. Unsere Augen sind offen, aber ich glaube, wir schlafen trotzdem.«

»Du redest immer so seltsam«, entgegnete Tine.

39

Sie zerrten Leif in die Höhe. Er kam auf die Beine. Aber er schwankte stark. Wenn sie ihn nicht führten, kam er vom Weg ab. Am liebsten hätte er sich fallen gelassen und wäre sitzen geblieben.

»Ihn können wir nicht mitnehmen«, sagte Knut.

»Wir können ihn nicht alleine zurücklassen«, antwortete Tine. »Er würde erfrieren. Wollten wir nicht zusammenhalten?«

»Dann erfrieren wir alle drei«, sagte Knut verzweifelt.

»Bald wird der Hubschrauber kommen!«, meinte Tine.

Knut schüttelte den Kopf.

»Komm jetzt«, sagte er und griff nach ihrer Hand.

Tine wich zurück.

»Begreifst du denn nicht?«, rief Knut. »Wir sterben. Wir werden sterben!«

Knut packte ihre Hand. Tine folgte zögernd. Dauernd drehte sie sich um und dann fing sie zu weinen an.

Langsam gingen sie bis zum Rand des Uferfelsens. »Wir springen, wenn ich das Zeichen gebe«, sagte Knut. Er blickte über das Eis.

»Schau mal, wie weiße Flügel«, sagte er und deutete auf die Schollen.

»Nein«, sagte Tine.

»Ich bin sicher, dass sie uns tragen«, meinte Knut. Als er das dunkle Wasser zwischen dem Eis und dem Felsen sah, schauderte er plötzlich. Die Flügel verschwanden. Er sah nur noch Eis und Wasserrinnen.

Er war unfähig zu springen. Seine Beine schienen am Fels festzukleben. Aber springen mussten sie. Wenn sie ihr Leben retten wollten. Es tat gut, Tines Hand zu halten.

Knut federte in den Knien.
»Eins«, sagte er, »zwei.«
Aber sie standen wie fest gewurzelt. Tine weinte.
»Du willst doch nicht erfrieren«, sagte Knut.
»Leif!«, schluchzte Tine.
Jetzt schien Knut das Eis wieder Vertrauen erweckender. Die Schollen lagen dicht. Und da sah er den Vogel.
Wir müssen es wagen, dachte er. Wieder sahen die Eisschollen aus wie Flügel.
»Sie tragen«, sagte er zu Tine. In dem Moment glitt er aus und musste springen, wenn er nicht den Fels hinunterrutschen wollte.
»Jetzt fliegen wir!«, rief er. Aber in dem Augenblick spürte er, dass ihm Tines Hand entglitt. Und noch während er in der Luft war, hörte er Tines Schrei: »Nein!«
Knut fiel mit einem dumpfen Knall auf die Scholle und überschlug sich. Er schlitterte ein Stück übers Eis. Dann kam er zu sich. Was habe ich getan? Jetzt bin ich auf dem Eis! Ein panischer Schreck fuhr ihm in die Glieder. Er wollte sich erheben. Wollte zurück an Land. Aber er wagte es nicht, den Kopf zu heben.
Jetzt sterbe ich, dachte er. Ich bin verrückt, total verrückt. Sein Herz hämmerte. Ihm war schwindlig. Er spürte ein fast unmerkliches Schaukeln unter sich. Das tiefe Meer, das sich hob und senkte. Die Eisscholle fing an zu kreiseln. Schneller und schneller.

Knut lag bewegungslos. Erst nach einer Weile wagte er den Kopf zu heben. Das Schwindelgefühl ließ nach. Die Eisscholle schwankte nicht mehr. Nur eine leichte Strömung unter ihm – er spürte sie. Unablässig. Aber auch die ließ nach, wurde sanfter. Alles wurde ruhiger. Er hörte, wie still es war.

Knut blickte sich um. Er war bereits ein Stück landeinwärts getrieben.

40

Tine hatte sich zusammengekauert. Hatte die Arme um die Knie geschlungen und weinte.

»Knut«, schluchzte sie. Aber Knut lag auf der Eisscholle und trieb davon. Er lag dort ohne sich zu bewegen.

»Knut!«, schrie sie.

Er antwortete nicht.

»Knut«, wimmerte sie. »Du darfst nicht ertrinken. Wir wollten doch zusammenhalten.«

Tine blieb sitzen und folgte Knut mit den Augen. Eine Schneewand kam und wischte ihn weg. Als es aufhellte, konnte sie ihn nicht mehr sehen. Sie starrte und starrte.

»Knut«, rief sie laut. Sie merkte, wie jämmerlich ihre Stimme klang. Tine wischte sich mit dem Handrücken die Tränen ab und stand auf. Knut war weg. Schwerfällig stapfte sie zurück zu Leif.

Leif nahm ihre Hand und drückte sie. Er war froh, dass sie bei ihm war.

»Du hast mich nicht verlassen«, sagte er. »Warum nicht?«

»Weißt du doch«, sagte sie.

»Ich sehe dich jetzt deutlicher«, sagte Leif.

»Weil es Tag wird«, sagte Tine.

Leif schüttelte den Kopf. »Du magst mich«, sagte er ruhig. Seine Stimme war merkwürdig klar.

»Ich sehe es dir an«, sagte er und lächelte. »Hier kann sich keiner verstecken«, antwortete Tine. Sie saßen ein Stück oberhalb des steinigen Strandes dicht beisammen. Von ihrem Feuer war nichts mehr übrig. Der Wind hatte gedreht und hier war es geschützter als beim Gebüsch. Sie kauerten im Windschatten eines großen Steines. Ein Riese schien ihn aus dem Meer gerollt und liegen gelassen zu haben. Zum Schutz für ein kleines Menschenbündel, das so nah wie möglich zusammenkroch. Ab und zu schüttelten und klopften sie einander. Zwei halten die Wärme besser als einer, murmelte es hinter dem Stein.

41

Draußen auf der Eisscholle blies der kalte Wind. Knut hatte sich vorsichtig auf die Knie erhoben. Er kroch ein bisschen herum. Dann richtete er sich ganz auf und spähte hinüber zum Land. Er fror, wagte aber nicht zu hüpfen, aus Angst, die Eisscholle könnte brechen. Er lief im Kreis um sich zu bewegen. Und horchte unablässig.

Knut war ein gutes Stück landeinwärts getrieben. Er sah die Berge deutlicher. Das Schneetreiben ließ nach. Der Tag tastete sich heran. Er konnte einige windschiefe Bäume erkennen. Aber das flackernde Licht war verschwunden.

Lange hatte Knut die Uferberge angestarrt, bis ihm auffiel, dass sie nicht näher kamen. Sie wurden nicht größer. Er trieb nicht mehr landeinwärts!

Auf der Insel war es kälter als je zuvor. Der eisige Wind blies bald von hier, bald von dort, pfiff Schnee aufwirbelnd um den Steinbrocken, bei dem Tine und Leif saßen.

Leif war wieder abwesender. Es dauerte lange, bevor er antwortete, wenn Tine ihn ansprach. Die Stimme klang kraftlos. »Es wird hell«, sagte Tine. »Es schneit nicht mehr so dicht.«

Leif drückte ihre Hand. Tine erhob sich. Sie merkte voller Schrecken, dass sie in den Beinen kein Gefühl mehr hatte. In diesem Augenblick erkannte sie einen dunklen Fleck auf dem Eis. War das Knut?

Knut starrte zum Land, dann zurück. Der Wind

hatte nicht gedreht. Die kleinen Inseln wurden nicht kleiner! Die Strömungen!, durchzuckte es ihn. Die Strömungen unter dem Eis! Ihm wurden die Knie weich vor Schreck. Weder die Inseln noch die Uferberge bewegten sich. Alles stand still. Auch die Eisscholle.

Da begriff er. Erleichtert atmete er auf. Natürlich, seine Scholle war gegen das Eis gestoßen, das mit dem Land verbunden war.

Ich muss losgehen, dachte er. Jetzt müsste man einen Tretschlitten haben. Zu Fuß war der Weg lang. Und gefährlich. Viele Wasserrinnen und ständig die Frage: Hält das Eis?

Knut tastete sich behutsam bis zum Rand der Scholle. Sie kippte nicht. Zögernd setzte er seinen Fuß auf die anliegende Scholle. Würde sie tragen? Für einen Moment stand er mit jedem Fuß auf einer Scholle. Das Herz pochte ihm bis zum Hals. Aber das Eis hielt, als er langsam das Gewicht verlagerte. Er war auf der neuen Eisscholle! Die nächste hatte auf einer Seite Überwasser. Knut musste eine andere Scholle suchen um vorbeizukommen. Wieder zögerte er. Wieder ging es gut.

42

Im Zickzack bewegte er sich auf das Land zu. Er war nicht mehr sicher auf den Beinen. Aber er näherte sich dem Ufer. Obwohl er immer langsamer vorwärts kam. Und immer stärker schwankte.

Plötzlich krachte das Eis. Wasser drückte nach oben. Knut blieb wie gelähmt stehen. Sah, wie das Wasser seine Füße umspülte. Und plötzlich war er hellwach.

Er rannte los, dass das Wasser spritzte, setzte an und sprang auf die nächste Scholle. Dort fiel er hin und ihm wurde schwarz vor Augen. Er rutschte ein Stück und blieb liegen.

Knut hob den Kopf. Keuchte. Stellte erleichtert fest, dass die Eisscholle trocken war. Aber das Aufstehen war ungemein anstrengend. Nur mühsam kam er auf die Knie. Die kahlen Uferfelsen schwankten. Das Eis schien ebenfalls zu schwanken, wie Wellen hin zum Strand.

Knut rieb sich die Augen mit Schnee um wach zu werden. Felsen können nicht schwanken, dachte er. Aber er hatte Angst.

Allmählich hörte das Schwanken auf. Die Uferfelsen kamen zur Ruhe. Dann war nur mir schwindlig, versuchte er sich zu trösten. Weil ich hingefallen bin. Ich habe mir etwas eingebildet. Aber jetzt werde ich aufstehen. Ich darf nicht einschlafen. Auf keinen Fall.

Knut raffte sich auf. Wieder schienen das Eis und die Uferfelsen leicht zu schwanken. Aber er ging trotzdem weiter.

»Weil ich muss«, sagte er laut zu sich selbst.

Die Uferfelsen erhoben sich, wuchsen vor seinen Augen.

»Ihr kommt und wollt mich empfangen?«, sagte Knut. »Wird Zeit, dass ihr mir ein wenig helft. Denn ich bin ziemlich erschöpft.«

Er schlurfte weiter. Taumelnd und unsicher. Todmüde und am Ende seiner Kräfte. Bis er zusammenbrach und keuchend auf dem Eis kniete.

»Da ist das Ufer. Du bist gleich da, Knut«, sagte er. Aber er brachte es nicht fertig, aufzustehen. Als er es beinahe geschafft hatte, begann sich alles zu drehen und er fiel zu Boden.

Knut kroch auf allen vieren. Ab und zu hob er den Kopf und schaute nach vorne, dann kroch er weiter.

»Ich dachte schon, ich hätte aufgegeben«, sagte er leise. »Aber ich bin hartnäckig. Ich will es schaffen.«

Er blickte auf. Da waren die Uferfelsen unmittelbar vor ihm. Er wollte weiterkriechen, musste aber innehalten.

Vor ihm glänzte schwarzes Wasser.

Eine Wasserrinne zwischen Eis und Land. Er hockte da wie ein Hund und heulte.

Er kroch am Rand des Eises entlang. Unablässig schielte er hinüber zur Wasserrinne und zum Ufer. Die eine Hand schleifte durch Wasser und Eismatsch. Aber er spürte die Kälte nicht. Auf dem Bauch schob er sich hinüber auf die nächste Scholle. Er sah eine kleine Bucht. Und hier war keine Wasserrinne. Er sah Steine, die aus dem Eis ragten. Da gelang es ihm noch einmal, auf alle viere zu kommen.

Die Steine und der Strand rückten näher und näher. Er versuchte sich zurechtzufinden. Vergeblich. Er konnte nicht mehr klar sehen.

Vor ihm erhob sich der erste Stein. Gerade recht um sich draufzusetzen. Bevor ich das letzte Stückchen angehe. Er schob sich auf den Stein. Da saß er und schaute mit zusammengekniffenen Augen zum Ufer. Jetzt sitze ich sicher auf einem Stein, dachte er. Es tat gut, das zu wissen. Er sah wieder klarer. Er sah eine Straße. Sie kam den Hügel herunter bis zum Wasser. Er sah Schneewände am Straßenrand. Bis zum Eis hin war geräumt worden.

Das konnte nicht lange her sein. Er stellte es erleichtert und voller Freude fest. Ich habe es geschafft, dachte er. Ich habe es geschafft!

Sicher kommt bald ein Auto, dachte Knut. Aber ich muss bis dorthin. Und vielleicht noch weiter. Alles schien zum Greifen nahe, aber nun spürte er, wie müde und erschöpft er war.

»Ich darf nicht zu lange auf diesem Stein sitzen bleiben«, ermahnte er sich. »Ich muss weiter.«

Hoffentlich kommt bald ein Auto. Er musste lachen. Da hockte er auf einem Stein und wartete auf ein Auto. Aber sein Lachen klang seltsam hohl. Als lache ein anderer. Über ihn. Knut blickte sich um.

»Ich kann doch selber gehen«, sagte er. »Daran soll's nicht scheitern.«

Aber er blieb hocken. Die Augenlider wurden schwer. Er merkte, wie er vom Stein rutschte.

43

Kaufmann Henriksen war zeitig unterwegs zur Stadt.
 Er hatte seine neue Brille auf. Sie drückte auf der Nase und hinter den Ohren, aber das würde sich richten lassen. Er grinste vergnügt. »Ich hätte fast vergessen, wie die Welt aussieht«, murmelte er vor sich hin. Bei diesem Wetter war es vorteilhaft, gut zu sehen. »Ich möchte bloß wissen, wo der ganze Schnee herkommt? Und so verflucht glatt.« Vorsichtig nahm er die Kurve und fuhr hinunter zum Wasser.

»So ein Schneewall. Soll einen wohl aufs Eis locken?« Henriksen schlich im Schneckentempo den Hügel hinunter. Glücklich unten angekommen hielt er an und schnaufte erleichtert. Dann legte er wieder den ersten Gang ein.
 »Du meine Güte! Was ist denn das? Da krabbelt doch was?« Durch seine neue, schärfere Brille sah er nur ein paar Meter vom Ufer entfernt eine Gestalt auf dem Eis liegen, die vergeblich versuchte aufzustehen.
 »Seh ich Gespenster? Oder ist das etwa ... eins von ihnen? Von den Kindern?«
 So schnell war Henriksen noch nie ausgestiegen.
 »He!«, schrie er. »Ich komme!«
 Da sackte die Gestalt zusammen.

Henriksen hupte vor jeder Kurve. Er fuhr schneller, als er je in all den Jahren gefahren war. Ab und zu warf er einen Blick auf den bleichen Jungen neben sich, in dem er Knut Johansen erkannt hatte. Der Junge war von oben bis unten voller Eis und Schnee. Sogar um die Augen und unter der Nase hing Eis.

»Wo warst du bloß?«, fragte Henriksen kopfschüttelnd. Aber Knut antwortete nicht. Er hing schlaff im Sicherheitsgurt. Er schien zu schlafen.

»Hoffentlich ist es nicht zu spät«, murmelte Henriksen. Er pries die neue Brille und drückte das Gaspedal durch.

44

Daheim bei Johansens klingelte das Telefon. Sie hatten nicht geschlafen, hatten darauf gewartet, dass die Suche fortgesetzt würde.

»Ja! Johansen!« Noch bevor das erste Signal verklungen war, hatte der Vater von Knut und Tine den Hörer in der Hand.

»Oberarzt Endresson, Zentralkrankenhaus Tonsberg. Ich wollte persönlich anrufen. Es eilt. Ein Junge ist eingeliefert worden . . .«

»Lebt er?«, fragte Johansen rasch und leise.

»Ja.«

»Wer von ihnen ist es?«

»Wir benötigen Ihre Hilfe unter anderem um diese Frage zu beantworten. Der Mann, der ihn gefunden hat, ist in seiner Verwirrung leider weggefahren, bevor wir ihn fragen konnten.«

»Wo ist er gefunden worden?«

»Die Rettungsleitzentrale ist benachrichtigt. Wie gesagt, es eilt sehr. In ein paar Minuten wird Sie ein Fahrzeug abholen. Es ist am besten so.«

Sie fuhren durch einen grauen, milchigen Morgen. Saßen stumm im Wagen, versuchten möglichst nicht zu denken. Wer ist es? Was hat er durchgemacht? Wo sind die anderen?

Der Oberarzt empfing sie an der Pforte. Er nickte freundlich, aber sein Gesicht war ernst.
»Hier entlang. Er ist nicht ansprechbar. Jedenfalls im Augenblick«, fügte er schnell hinzu. »Und er sieht nicht besonders schön aus.« Der Arzt schaute sie mitfühlend an, als er die Tür zur Intensivstation öffnete.
»Knut!«, stieß die Mutter hervor und lief zum Bett.

Pila und Tor waren wieder in der Luft. Tor überprüfte die Position, wo Knut gefunden worden war. »Wir waren heute Nacht in der Nähe. Hätte das Schneegestöber nicht eingesetzt, hätten wir die drei wahrscheinlich entdeckt. Das Schneetreiben wird wieder dichter, die Sicht ist nicht gut, obwohl es aufklart.«
»Der Wind«, sagte Pila. »Wenn der Wind nicht gedreht hätte, die drei wären bis nach Dänemark getrieben.«
»Möchte bloß wissen, wie weit draußen sie waren«, sagte Tor.
»Und wo die andern sind. Falls sie noch leben. Die Meeresströmungen sind hier stärker.« Pila schüttelte den Kopf.

Im Krankenhaus saßen die Eltern und warteten. Sie wussten, dass der Hubschrauber gestartet war. Sie wussten, dass es Knut besser ging. Aber er sagte immer noch nichts. Und es eilte.

Dr. Endresson streckte den Kopf aus der Tür zur Intensivstation. »Er kommt zu sich!«

Einen Augenblick später tauchte der Arzt wieder auf und lief eilig über den Gang. Die wartenden Eltern sprangen von der Bank auf.

»Malm!«, rief Dr. Endresson. »Sie sind auf einer der Inseln vor Malm!«

Er stürzte zum nächsten Telefon. Im Kopfhörer der Piloten klackte es.

»Malm! Sie sind auf einer der Inseln ... Position ...«

»Diese Inseln finde ich blind. Wenn ich weiß, dass die Kinder dort sind!« Pila riss seinen Hubschrauber herum und gab Vollgas. Der Motor brüllte auf.

Neben dem Bordingenieur saß ein mit dem Nötigsten ausgerüsteter Arzt.

45

Tine träumte, sie höre das Donnern des Hubschraubers. Das Geräusch wurde lauter. Sie zwinkerte mit den Augen. Jetzt knatterte der Hubschrauber über ihnen. Das war kein Traum. Sie schrie laut, konnte aber bei dem Getöse ihre eigene Stimme nicht hören. Leif hob den Kopf und schrie ebenfalls.

»Wir sind gerettet!«, rief sie in das Knattern der Rotoren.

»Der Hubschrauber ist gekommen!«

»Knut!«, durchzuckte es sie. »Wo ist er?«

Um sie wirbelte Schnee auf, als der Hubschrauber bei dem steinigen Ufer niederging.

Tine wollte aufstehen und winken, fiel aber zurück. Leif hob einen Arm und schwenkte ihn kraftlos.

Zwei Männer kamen angelaufen. Sofort wurden die Kinder in Decken gewickelt. Als Ersten trug man Leif zum Hubschrauber. Wie schnell sie sich bewegen, dachte Tine. Dann war sie an der Reihe. Sie hatte das Gefühl zum Hubschrauber zu schweben. Die Türen waren kaum verriegelt, da erhob er sich bereits.

»Trinkt davon. Kleine Schlucke.« Die Männer in der Kabine arbeiteten rasch und umsichtig.

»Ihr müsst wach bleiben, hört ihr!«, riefen sie ihnen zu. Dann fingen sie mit dem Massieren an.

46

Das Telefon klingelte in Dr. Endressons Zimmer. »Wir haben beide gefunden. Sie leben. Wir liefern sie in knappen zehn Minuten ein. Verstanden?« Die Stimme redete weiter, während Dr. Endresson den Eltern, die in der Tür standen, die Nachricht weitergab. Dann veranlasste er über Haustelefon die nötigen Vorbereitungen für die Aufnahme der Kinder.

Dr. Endresson atmete erleichtert auf. Er lächelte den Eltern zu.

»Wir wollen hoffen, dass auch das noch gut abgeht«, sagte er. »Sie sind unterkühlt, aber sie sind bei Bewusstsein. Der Arzt und Tor kümmern sich um sie.«

»Tor?«

»Der Copilot. Ein fähiger Bursche. Er hat Erfahrung mit solchen Situationen.«

Über dem Krankenhaus knatterte der Hubschrauber. Pila landete mitten in der Einfahrt. Die Türen waren schon offen, und sobald der Hubschrauber stand, kamen zwei Männer mit der ersten Bahre. Leif lag darauf. Hinterher rannten Pila und Tor mit Tine.

47

Die Rettungsflieger kamen aus der Intensivstation. Sie gingen langsam. Tor ging voran. Als er die übernächtigten und bleichen Eltern sah, war er mit ein paar Schritten bei ihnen.

»Sie schaffen es«, sagte er. »Keine Angst.«

Pila nickte. »Wir haben da unsere Erfahrungen.«

Hinter ihnen versuchten Dr. Endresson und der Notarzt ein vorsichtiges Lächeln.

Noch einmal dröhnte der Hubschrauber über das Krankenhaus. Als wollte er eine Ehrenrunde drehen. Dann knatterte er davon.

Jedes Mal, wenn Dr. Endresson aus der Intensivstation kam, wirkte sein Lächeln zuversichtlicher. Die Eltern hatten das Gefühl, es würde heller und freundlicher um sie. Als sicher war, dass die Kinder es überstehen würden, wagten auch sie ein Lächeln. Und das verschwand nicht mehr.

Der Vater von Knut und Tine war zum Fenster gegangen. Eine Schar Spatzen hatte sich draußen auf einem verschneiten Baum niedergelassen. Als hätte der Baum lebendige Blätter bekommen. Die sogar singen, dachte er froh. Er drehte sich um zu den andern.

»Ich bin so froh, dass der Baum da draußen singt«, lächelte er. »Auch wenn es nur eine Schar Spatzen ist, die der Kälte und dem Winter trotzen.«

48

Die Frühlingssonne schien durch das Fenster herein. Eine wunderbare Wärme für die, die einer dunklen, kalten Nacht ausgeliefert gewesen waren. Wir sind ihr entkommen, dachte Knut. Und nun ist alles ein bisschen anders. Der gelbe Fruchtsaft auf dem Nachttisch ist noch gelber. Die Blumen sind röter.

In den Augen von Tine und Leif glänzte deutlich ihr Verliebtsein. Sie versteckten es nicht mehr.

»So viele Ereignisse. Und so viel, was ich für euch getan habe, nur weil ihr verliebt seid«, dachte Knut laut. Leif schaute hinüber zu ihm. Grinste.

»Hast uns eigentlich das Leben gerettet!«

»Du bist auch hinausgegangen auf das Eis!« Tine setzte sich im Bett auf. »Was dir alles einfällt.« Sie versuchte streng auszusehen.

Sie hatten die Erlaubnis bekommen im gleichen Zimmer zu liegen. »Es wird das Beste sein, wenn ihr beisammenbleibt«, hatte Dr. Endresson gemeint.

Knut genoss die weißen Laken und die leichte, warme Decke. Das ist keine Schneewehe, dachte er. Hier kann man ohne Gefahr einschlafen! Und wacht immer wieder auf, Tag für Tag!

Ob zu Hause noch alles so ist wie vorher? Alles, was vorher war, ist so unheimlich weit weg.

Als er die Augen aufschlug, sah er die vertrauten Gesichter von Mama und Papa. Sie lächelten ihn an.

Auch sie waren anders, schien es Knut. Irgendetwas an ihnen war anders als vorher. Ihre Augen schauten ihn anders an. Oder bin ich anders geworden?, überlegte er und drehte sich Tine zu. Die Eltern von Leif waren da. Und Dr. Endresson. Warum wollen sie so viel wissen über diese Nacht? Besonders Dr. Endresson. Man kann es nicht wirklich erzählen, dachte Knut. Was ist eigentlich passiert?

Knut blickte jedes Mal, wenn er etwas erzählt hatte, ratlos vor sich hin.

Als die Erwachsenen gegangen waren, drückte sich Knut in sein Kissen und betrachtete den Zeichenblock und die Bleistifte, die ihm der Vater auf den Nachttisch gelegt hatte.

Was für Zeichnungen werde ich von dieser längsten Nacht meines Lebens machen?, dachte er. Ich werde wahrscheinlich anders zeichnen.

Knut griff nach dem Block und einem Stift. Was ist eigentlich passiert? Er zögerte.

Dann fing er langsam zu zeichnen an.

NAGEL & KIMCHE

Hanna Johansen
Omps!
Ein Dinosaurier zu viel
Mit Illustrationen von Klaus Zumbühl
160 Seiten. Ab 10 Jahren
ISBN 3-312-00936-7

Es klingt vielleicht komisch, aber mit einem Dinosaurier in der Wohnung lässt es sich aushalten. Erst wenn man einen blauen Hasen dazunimmt, wird es kompliziert. Weil Dinosaurier und blaue Hasen sich nicht leiden können. Und weil sie sich, statt einander in Ruhe zu lassen, ständig zoffen. Was das betrifft, könnten sie fast Geschwister sein ...